LA FEMME DE PAILLE

www.lemasque.com

CATHERINE ARLEY

LA FEMME DE PAILLE

Couverture et conception graphique : Louise Cand

ISBN : 978-2-7024-4928-8

Catherine Arley est née en 1924 à Paris. Son premier roman, *Tu vas mourir*, paraît en 1953 chez Denoël dans la collection « Oscar » dirigée par Marcel Duhamel. Étrangement, son second roman est refusé par tous les éditeurs français à qui elle le propose. Arley se tourne alors vers l'étranger. *La Femme de paille* est publié en Suisse en 1954, puis traduit dans vingt-quatre pays, adapté au cinéma par Basil Dearden avec Gina Lollobrigida et Sean Connery, ainsi qu'au théâtre. Malgré sa nouvelle renommée internationale, elle n'est publiée au Masque (Librairie des Champs-Élysées) qu'à l'aube des années 1980. Auteure phare des années 1970-1980, Catherine Arley a su se forger une place à part dans la littérature policière avec ses histoires anticonformistes et immorales.

Préface

Se souvenir de l'Avocate du diable

— Madame Arley, appréciez-vous votre surnom d'Avocate du diable ?

— Beaucoup. C'est un surnom qui correspond à ce que je désire faire. Je pense que nous sommes tous des assassins en puissance mais la plupart d'entre nous n'ont pas rencontré leur crime, n'ont pas rencontré la période de crise qui les met dans la peau du bourreau ou dans celle de la victime[1].

Pardonnez-moi mais, pour vous raconter Catherine Arley, je dois commencer par vous parler de moi. J'aurais tant aimé rencontrer le bourreau de mes heures perdues, celle qui a su si bien les faire mourir les unes après les autres avec ses vénéneux romans de suspense. J'aurais rêvé la faire parler, lui mettre ses atrocités sous le nez. Qu'enfin elle m'explique sa violence, son profond pessimisme, sa cynique misogynie, sa patente misanthropie…

Mais il n'en fut rien. Le destin en décida autrement. Tout, entre elle et moi, ne fut qu'une histoire avortée, contrariée par la vie elle-même.

---

1. « Les Maîtres du mystère », par Luc Geslin et Julien Moret, *Mystère Magazine* n°296.

— Tendance ?
— Le pessimisme, car voir juste, c'est voir noir[1].

Il me faut donc remonter sensiblement le temps, tout au plus vers 2008, un jour égal à tant d'autres. Imaginez-moi, grand échelas, un snob avide de romans bizarres, errant absent dans un bouquiniste. Vous voyez la scène : encore une pile de livres, encore une main qui se hasarde sur des couvertures usées, fatiguées d'avoir été caressés sans désir. Et, soudain, un titre m'interpelle plus qu'un autre : *Bête à en mourir*. Une couverture criarde, un nom qui ne fait briller dans mon panthéon d'auteures de polars aucune lumière noire. Pourtant, ce titre à la douce morbidité résonna intensément dans mon esprit.

C'était plié : je pris le roman et, chose rare donc essentielle, il ne rejoignit pas, pour y être oublié, les rayonnages de ma bibliothèque. J'ai cette fâcheuse tendance à négliger certaines trouvailles en attendant des jours plus heureux. Cette fois, comme magnétisé, j'entrepris le soir même ce qui allait être ma première valse avec Catherine Arley. Une danse de mots et de morts.

Le lendemain matin, j'étais mordu. J'étais fait. La Succube du suspense avait planté sa prose dans mon cerveau, et désormais je lui appartenais. Docile, fidèle, je me mis à arpenter les brocantes avec pour seule obsession d'avoir à nouveau ma dose.

Le mystère qui enveloppait cette inconnue m'ensorcelait, et je lus tous ses romans à suspense. Oui, « romans à suspense » – ne dites surtout pas

1. Interview par écrit de Catherine Arley, non sourcée, non datée, provenant de chez Eurédif.

« polars », elle vous hanterait jusqu'à la fin de vos jours. Immanquablement, elle réfutait faire des polars, des romans policiers, ou à énigme. Seul le suspense l'intéressait. La tension qu'il existait dans les rapports de violences. Elle n'avait rien à faire de la résolution d'une enquête. Elle exécrait la morale et se passionnait uniquement pour la psychologie des victimes et des bourreaux. Les raisons pour lesquelles on devient l'un ou l'autre, l'un et l'autre. En cela, elle rejoignait ses lectures – William Irish ou encore Patricia Highsmith.

> « Moi, je suis parfaitement amorale et comme en vendant mes œuvres je gagne autant que m'offriraient les escroqueries que j'invente, j'ai tous les avantages du métier sans en avoir les inconvénients[1]. »

Prosélyte, je me mis à vanter partout le talent de cette écrivaine iconoclaste, maniant la cruauté avec une déconcertante désinvolture. N'attendez ni rédemption ni sentimentalisme chez Mme Arley. En interview, elle prenait un plaisir fou à raconter l'histoire macabre d'un accident, où un homme décapité tenait toujours sa cigarette fumante entre ses doigts, la concluant d'un gloussement terrible.

Au début des années 1950, Catherine Arley vit une courte aventure sous les projecteurs comme comédienne, un temps nécessaire selon elle pour s'imprégner de l'art du dialogue et de la joute verbale. Mais c'était surtout une erreur de parcours ; c'était un travail collectif et elle préférait être seule. Potentiellement lassée de n'avoir qu'une seule vie,

1. Interview par Paulette Durieux. *Télé 7 jours*, 1976.

Pierrette Pernot de son vrai nom s'éloigne définitivement des planches et des plateaux.

En accord avec son premier mari, elle décide de rentrer dans le moule des femmes rangées. Cette vie oisive auprès de ce tanneur aisé ne sera que de courte durée. L'ennui aidant, elle commet son premier roman, en 1953 : *Tu vas mourir,* dans la collection « Oscar » des éditions Denoël, animée par Marcel Duhamel, le créateur de la « Série noire ». Avec ses couvertures copiées-collées sur celles des pulps américains, cette énième collection policière était surtout axée sur les auteurs américano-britanniques. Pierrette signe son premier roman sous l'indistinct C. M. Arley. Avec ce pseudonyme à l'accent anglo-saxon, la Française se noie dans cette collection plus qu'elle n'en émerge.

Pourtant, elle mettait déjà en branle dans ce premier essai l'implacable mécanique qui allait définir son œuvre : personnages dénués de morale, situations inextricables, destin fatal évidemment, et ce profond sens du rythme. *Tu vas mourir,* réédité plus tard sous le titre bien trop sentimental de *Mourir sans toi,* tend vers l'angoisse dans sa forme la plus extrême en racontant l'agonie d'une femme qui se sait condamnée suite à une paralysie provoquée par son mari. Mais la victime est loin d'être une oie blanche. Et déjà, tour à tour, victime et bourreau changent de rôle pour mieux se confondre…

Trois ans après, elle engendre *La Femme de paille*. Une histoire d'adoption et d'héritage, de mariage et de cynisme. D'une cruauté sublime, d'une étude psychologique complexe, maladivement pessimiste, ce roman qui fera sa gloire ne rencontre pas l'adhésion des éditeurs français. Face à ces refus et à ce mépris, la jeune auteure se tourne, on ne sait comment, vers un éditeur suisse, Jeheber. Si nul n'est prophète en son pays, nul n'est surtout à l'abri d'un fabuleux succès qui en rendrait jaloux plus d'un. *La Femme de paille* sort rapidement dans vingt-quatre pays, dont l'Angleterre, les États-Unis et le Japon. Entre Catherine Arley et ces pays lointains, ce sera une idylle éternelle, riche de plusieurs millions d'exemplaires vendus. Elle, très ironique sur son désamour français, se vantera souvent d'avoir été l'une des rares françaises à l'époque à être publiée en premier lieu dans le *Reader's Digest*. C'était en 1959. Il faut attendre une adaptation au cinéma en 1964 avec Sean Connery et Gina Lollobrigida pour fournir à l'ouvrage un lustre supplémentaire. Néanmoins, *La Femme de paille* n'est enfin lancé en France qu'en 1972 par Pierre Genève dans sa jeune et « distinguée » (sic) maison d'édition Eurédif. Depuis, ce roman, son plus connu, a eu de fréquentes rééditions étrangères et de nombreux supports, comme un disque 33 tours avec la voix de Catherine Arley en personne. Transposé au théâtre en France, il est même traduit à Broadway sous le titre *Tantalus*. Et il en a été tiré plusieurs séries télévisées, dont une au Japon en 2006. Au Japon toujours, lors d'un top 100 des meilleurs romans occidentaux, les auteurs de polars japonais et des journalistes spécialisés ont hissé *La Femme de paille* en 1985 à la 23e place, puis dans la version révisée de ce classement en 2012 à la 53e. Ce qui reste toujours aussi honorable, vu qu'à part Sébastien Japrisot et Maurice Leblanc, il n'y a pas beaucoup d'autres Français dans le palmarès.

— Quel est le personnage qui vous fascine ?

— Bécassine, parce qu'atteindre à une telle gloire avec si peu d'atouts encourage le plus pessimiste.

— Et le personnage historique ?
— Gilles de Rais.

De 1957 à 1962, je l'avoue, j'ignore ce que Catherine Arley a fait.

Sans doute a-t-elle profité de son immense succès et parcourut le monde de long en large. Activité de globe-trotteuse dans laquelle elle semblait exceller. Ce qui est sûr, c'est qu'elle s'est séparée de son mari.

En 1962, elle est enfin publiée en France aux éditions Edmond Nalis. *Le Talion* est un récit à quatre voix sur une histoire d'adultère, riche en meurtres et en solitudes. Deux autres romans suivront lors de cette décennie, *Les Beaux Messieurs font comme ça* (publié précédemment au Japon sous le titre *La Baie des trépassés*) et *Les Valets d'Épée* qui remporte en 1968 le Prix du suspense de l'année.

— D'où vous est venu ce goût pour le suspense ?
— J'ai été élevée chez des religieuses. J'y ai passé dix ans. Une véritable époque victorienne ! On nous lisait la vie des papes. C'était terriblement ennuyeux, horrible. Ce goût pour le suspense doit être une réaction[1].

Trop à part, trop en retrait du roman noir, pas assez convenable, pas assez néo-polar, trop psychologique, trop féminin… On peut s'interroger sur le manque d'intérêt des éditeurs importants de l'époque. Les critiques aussi la regardaient de loin, semblant peu s'intéresser à son œuvre.

Si on fait un tour rapide des auteurs de polars français de cette époque, entre le début des

1. « Les Maîtres du mystère », par Luc Geslin et Julien Moret, *Mystère Magazine* n°296.

années 1950 et la fin des années 1960, les femmes qui écrivaient du noir ne faisaient pas légion. La plume était majoritairement masculine et cela se ressentait. Les « pépées » n'étaient que des fantasmes éculés, des images glacées, victimes, fatales, salies, idiotes, sans voix.

Les femmes se planquaient : Odette Sorensen écrivant précédemment sous le nom de Luc Rivière commençait à s'affirmer mais ne signait que timidement « O. » Sorensen, se dissimulant encore derrière l'indéfini d'une initiale. Gilette Ziegler écrivait quelques romans ici et là, avec ou sans masque masculin. Miriam Dou, en plus d'avoir traduit Agatha Christie, commettait timidement quelques romans policiers. L'amie d'Antonin Artaud, Alexandra Pecker, renonçait très souvent à sa féminité pour l'ambivalent Alex, plus à même de plaire aux Éditions Ferenczi.

Et puis… c'est tout pour la France. On s'émerveille devant une telle absence, alors qu'Agatha Christie faisait déjà les choux gras des éditeurs à travers le monde.

Il faut attendre 1963 pour que Noëlle Loriot (qui avait lu et apprécié les écrits de Catherine Arley[1]) commence ses premiers policiers chez Denoël, sous le nom de Laurence Oriol. Jeanine Boissard, se faisant appeler J. Oriano, sera la première femme à être publiée à la « Série noire », en 1971. Enfin, les femmes s'imposaient comme valeur certaine du polar. En 1973, Jacques Chancel fait parler Catherine Arley à ce sujet :

— Catherine Arley, une femme peut écrire des romans policiers, peut-être mieux qu'un homme ?

1. Article dans *L'Express* à propos de *Bête à en mourir* : « Catherine Arley jongle avec les difficultés et les coups de théâtre. Et triomphe. »

— Je pense, une femme est plus cruelle, plus disponible, elle a plus de temps pour la vengeance, pour la rancœur. Les hommes sont plus passionnés, plus rapides…

— Pourriez-vous vivre vos aventures ?

— Non, bien entendu. Je me défoule. C'est pourquoi je me méfie des femmes qui écrivent sur les bébés, les jardins, les tendres choses, c'est celles-ci qui sont dangereuses. Elles se défoulent d'une gentillesse qu'elles n'ont pas. Moi je pense me défouler d'une méchanceté que je n'ai pas dans la vie[1]…

En 1972, en se liant à l'éditeur Pierre Genève, Catherine Arley trouve enfin une maison pour laisser son œuvre s'épanouir. Une collection est spécialement créée à cette occasion, sobrement intitulée « Suspense ». Les couvertures bariolées, flirtant avec un érotisme banal, filles charmantes tout sourire, sont très loin du contenu, et n'ont certainement pas aidé à la bonne compréhension de Catherine Arley. Jusqu'en 1980, date de cession d'Eurédif, ce sont dix-neuf titres publiés (rééditions des cinq premiers livres sous d'autres titres incluses). Rien que sur l'année 1972, sont sortis quatre titres, un par trimestre, dont *La Femme de paille*. Ce roman mondialement connu se voit pour cette réédition rectifié par l'auteure, réécrit par endroits. C'est la version que vous tenez entre vos mains.

Pendant huit ans, chez Eurédif, Catherine Arley semble en ébullition, écrivant encore et encore. Et elle tente tout : encore plus de violence, plus de sexe, plus d'humour, plus de cruauté, l'usage de l'argot… Quelques vraies pépites ont émergé : *Vingt millions et une sardine*, sur une infirmière spécialisée dans l'euthanasie ; *Duel au premier*

1. Radioscopie, France Inter, vendredi 13/07/1973.

sang, machination diabolique sur fond de géopolitique ; *Bête à en mourir*, mentionné plus haut, et *L'Enfer pourquoi pas*, sur un couple otage volontaire d'un séduisant voyou.

En 1979, surgit un roman à part et peut-être l'un de ceux qui me tiennent le plus à cœur : *À tête reposée*. Un père mène l'enquête sur son fils condamné à la guillotine. Une œuvre d'une intense mélancolie, où l'art du suspense qu'elle maîtrisait si bien se trouve appliqué au questionnement intime d'un père sur sa propre culpabilité devant la monstruosité de son fils. Catherine Arley ne cessait de remettre en question l'idée du monstre. Parce qu'elle était fascinée par l'étrange et l'idée du Mal, flirtant souvent avec l'épouvante, un critique américain ira même jusqu'à la comparer à un Edgar Allan Poe au féminin. Catherine Arley trouvait un tel plaisir dans l'horreur que pendant de longues années, elle allait et venait entre les tribunaux pour assister aux procès les plus crapuleux, les plus sordides.

> « La frontière est tellement fragile entre ce qu'on appelle un être normal et un assassin. Tout ça se joue sur des nuances[1]. »

Catherine Arley reconnaît écrire vite, sans rature, d'un seul jet. En un mois, celui d'août, disait-elle. Réfugiée au bord de sa piscine en Picardie, elle déroulait l'histoire qu'elle avait élaboré de longues semaines dans son esprit. Alternant baignade et écriture, de façon solitaire, elle tissait les fils de ses rêveries les plus sombres.

1. Radioscopie, France Inter, vendredi 13/07/1973.

« L'écriture est une délivrance, un peu comme un accouchement. Un moment agréable[1]. »

Les années 1970 sont pour elle une période d'exposition médiatique plus soutenue, en témoigne l'émission spéciale d'Apostrophe de Bernard Pivot, maladroitement intitulée « Qui a tué ? » le 20 juin 1979. À celle-ci sont invités les illustres Boileau et Narcejac, Léo Malet, ADG, Jean-Patrick Manchette, Serge Montigny et Catherine Arley. Alors que le journaliste vedette semble découvrir ce qu'est le polar, tout en s'escrimant à en démontrer tout l'inintérêt, il cherche à déstabiliser sans finesse Catherine Arley, l'attaquant sur son style et sa place dans la littérature policière. Exercice vain, Catherine Arley garde le plus cruel sourire à son égard.

De 1980 à 1982, les éditions La Librairie des Champs-Élysées prennent le relais de feu Eurédif. Avec plusieurs rééditions dans la collection « Club des Masques » et quelques nouveautés dans « Le Masque », sous la célèbre couverture orange, c'est une seconde exposition pour Catherine Arley. S'y démarquent *Une femme piégée*, glaçant et perturbant huis clos dans un hôpital désaffecté, et *L'Homme de craie*, sur une romancière de suspenses qui prend un étrange jeune homme en stop – sorte d'autobiographie policière et profondément nihiliste. Avec ses médiums et ses damnations d'outre-tombe, *L'Ogresse*, qu'elle sort en 1981, rappelle un projet de récit d'épouvante qu'elle nourrissait déjà à la fin des années 1960.

Ensuite il semblerait que plusieurs de ses ouvrages aient été selon ses dires strictement et

1. « Les Maîtres du mystère », par Luc Geslin et Julien Moret, *Mystère Magazine* n°296.

uniquement publiés au Japon. Il faudra attendre 1990 pour qu'un ultime roman de Catherine Arley voie le jour : *En 5 sets,* dédié « à Guy Marly [son] champion et néanmoins mari ». Catherine Arley a la soixantaine passée, le cœur ne semble plus y être et le roman, bien que peuplé de monstres bourgeois et de tennismen angoissants, n'est pas une totale réussite.

Fin de partie. Début du lent et inexorable oubli.

— Quel est le comble de l'optimisme ?

— Monter à l'échafaud par un temps ensoleillé et dire : « Chic, la journée commence bien ! »

— Et le comble du malheur ?

— Le malheur, quel qu'il soit, vous comble toujours[1] !

Les années passent et elle est enterrée à plusieurs reprises. Ses éditeurs ignorent tout d'elle. Lorsque je l'appelle, la Société des gens de lettres la pense décédée depuis fort longtemps.

En 2012, Wikipédia doit corriger une erreur du *Dictionnaires des littératures policières* de Claude Mesplède, où elle y est signalée comme morte.

Et nous voilà revenu aux premiers temps de notre histoire, elle et moi.

En 2013, j'ai voulu la contacter à tout prix. Pourquoi… Nulle idée. Mais je le voulais. Personne ne pouvait me renseigner. Ni mes fournisseurs de livres, ni mes amis spécialistes en polars. Aussi je tentais l'annuaire et, en croisant quelques données, je trouvai son téléphone. Toujours domiciliée boulevard Suchet, à Paris. Je l'appelai. Une voix hagarde me répondit. Était-ce elle ou quelqu'un d'autre ? Je ne le saurai jamais.

1. Interview par écrit de Catherine Arley, non sourcée, non datée, provenant de chez Eurédif.

Je me suis confondu en excuses et j'ai raccroché, gêné.

Trouvant dans un numéro de *Mystère Magazine* une coupure de presse parlant d'elle et d'une soirée à laquelle avait assisté mon ami François Rivière, auteur de nombreux romans et de la biographie d'Agatha Christie, je le priai d'écrire une lettre à Catherine Arley. Son nom en imposerait sans doute plus que le mien.

Quelques semaines plus tard, une dame, charmante, rappela François. Elle dit être la dame de ménage/infirmière de Mme Catherine Arley et nous informa que l'écrivaine n'avait plus toute sa tête – atteinte d'un profond Alzheimer, elle ne pouvait nous répondre. Elle nous conseilla de joindre l'avocat qui s'occupait de ses affaires courantes. Il n'avait rencontré qu'à deux reprises sa cliente, qui était si touchée par la maladie qu'elle ne se rappelait même plus avoir écrit quoi que ce soit… Une mandataire judiciaire était en charge de tout ce qui était droits et ventes autour de ses livres. Car oui, Catherine Arley a continué à rayonner à l'étranger, et cela jusqu'à présent. Seule la France l'avait négligée toutes ces dernières années.

Finalement et tristement, Catherine Arley s'en est allée sans même un mot d'adieu. Pareille à une de ces histoires cruelles qu'elle savait concevoir avec une aisance déconcertante, Catherine Arley était partie dans la plus grande indifférence.

Après plusieurs millions d'ouvrages vendus dans le monde, elle a été oubliée de tous. Sans même un salut final, elle a déserté les vivants. Point d'hommage national, encore moins d'entrefilets. Rien. Un évanouissement.

L'histoire s'arrête là. Avec cet éternel regret, celui de ne pas avoir vu de mes yeux ce visage au regard perçant, qui savait si bien scruter la noirceur de l'âme.

> « La vie m'a tout appris. Heureusement je n'ai rien compris, cela me permet d'écrire des histoires et d'éviter de délivrer des messages[1]. »
>
> Catherine Arley

Nicolas Perge

1. En pied de l'interview par écrit de Catherine Arley, non sourcée, non datée, provenant de chez Eurédif.

Prologue

En ouvrant la porte, elle crut que ce vendredi serait semblable aux autres, ni plus gai, ni plus triste ; pourtant, elle ne devait jamais par la suite oublier ce jour où se déclencha la machination.

Elle se pencha pour ramasser l'hebdomadaire posé en équilibre sur la bouteille de lait, referma la porte et se dirigea vers la cuisine en traînant ses savates. Elle tourna le bouton de la radio posée sur le buffet, prit le pain dans la corbeille, en coupa deux tranches, les glissa dans les compartiments du grille-pain, le brancha et fit bouillir le lait. Elle prit un peigne et se coiffa machinalement pour retarder, par un masochisme délectable, l'instant de consulter son journal. Seule la page huit l'intéressait. Sur six colonnes s'étalait le courrier du cœur, celles de gauche concernaient les femmes en quête d'une âme sœur, celles de droite, les hommes à la recherche d'une femme. Hildegarde ne s'intéressait qu'à cette rubrique.

Toutes les semaines, depuis des années, elle vivait de cette lecture, attendant sa chance. Le romanesque et la sentimentalité n'avaient rien à voir dans son cas. Elle se moquait éperdument du veuf inconsolable chargé de famille, du jeune homme timide ou même du commerçant aisé. Épouser l'un de ces spécimens n'offrait pour elle aucun intérêt. Elle connaissait trop la médiocrité, elle en vivait. Quelques traductions lui permettaient de végéter. Non, vivre devait être une entreprise autrement exaltante sans rapport avec son existence. Elle savait bien n'être là qu'en transit et qu'il allait obligatoirement se passer quelque chose.

Beaucoup de gens redoutaient l'aventure, la niaient, l'ignoraient ou ne la souhaitaient pas. Le désir de gagner n'était pas en cause, mais leur tranquillité, cet ersatz de bonheur pour éviter les grandes passions, les faillites et les risques, surtout les risques, ces bancos improbables où l'on pouvait laisser des lambeaux de son cœur, de ses rêves et de ses illusions.

Sans amis, elle répugnait à s'inscrire à un club féminin ou à adopter un chat. Le journal, son journal du vendredi, lui semblait donc la seule issue.

Elle ne devait pas sauter une seule ligne sous peine de passer délibérément à côté de sa chance. Depuis des années, elle avait la patience de chercher le bon numéro dans tout ce fatras de revendications sentimentales et sociales plus ou moins avouées par des êtres mornes, malheureux, naïfs ou aigris.

Les annonces rédigées en abréviations de trois ou quatre lignes requéraient son habitude pour les transcrire en langage clair ; mais, initiée, elle n'hésitait jamais. Ses yeux parcouraient les lignes tandis que sa main portait machinalement une tartine à sa bouche.

Soudain, son propre mécanisme cessa de fonctionner. Elle la vit… Rien ne la différenciait des autres et, pourtant, la pépite qu'elle cherchait depuis le jour où elle avait décidé de s'abonner au journal brillait de tous ses feux.

Lentement, elle relut :

« *Ayant fortune considérable, cherche en vue mariage compagne agréable, hambourgeoise de préférence, n'ayant jamais été mariée mais connaissant la vie, sans famille ni attache, qui accepterait vie luxueuse et aimerait les voyages. Ingénue ou vieille fille s'abstenir.* »

Ayant fortune considérable...

Elle arrêta la radio. Fabuleux mais invraisemblable qu'un milliardaire soit réduit à chercher une femme par les petites annonces !

Après avoir allumé une cigarette, elle réfléchit. « *Hambourgeoise de préférence, n'ayant jamais été mariée, sans famille ni attache* »... « *Hambourgeoise* »... Il préférait sans doute une compatriote. « *Sans famille* »... Il se préservait de l'invasion d'une meute de pique-assiettes... « *Ingénue ou vieille fille s'abstenir* »... C'était net.

Les mots magiques « *fortune considérable* » s'allumaient comme les tilts des machines à sous.

Le prétendant cachait sans doute derrière le bouclier de sa fortune une tare soit physique, soit morale, mais Hildegarde n'était pas en position de faire la difficile.

Sa décision fut vite prise : pas un instant à perdre pour avoir quelque chance, sinon d'être agréée, du moins d'être convoquée à une première entrevue. Ensuite, le destin jouerait... Hildegarde s'en remettait à lui, bien décidée à tout faire pour rester compétitive et triompher des rivales sur les rangs.

Jusqu'ici, son existence n'avait été faite que de solitude, de médiocrité, d'une succession de drames dans le fracas de la guerre. Tout s'était enchaîné avec une rigoureuse absurdité. Elle voulait sa revanche : la richesse. Peut-être, grâce à la petite annonce, allait-elle enfin pouvoir renverser la vapeur ?

Consciencieusement, elle griffonna des brouillons et, après plusieurs essais, relut son texte définitif :

Monsieur,

Ayant tout perdu dans l'un des grands bombardements de Hambourg : famille, amis, maison, argent et situation, je me trouve aussi démunie qu'on puisse l'être.

Je suis donc prête à tout. Frustrée de tout ce que je possédais ou désirais, je garde assez peu d'illusions romanesques.

J'ai trente-quatre ans, je suis grande, blonde, jolie si on m'en donne l'occasion et sans aucun projet et désir d'ordre bourgeois ou sentimental.

Votre annonce m'a rendue pour la première fois amoureuse ; de votre argent d'abord, de la vie que vous me proposez ensuite.

Puisque, millionnaire, vous éprouvez le besoin de passer par les petites annonces pour trouver femme, j'en conclus qu'il existe un handicap, mais quel qu'il soit, je me sens de nature à le surmonter, seriez-vous cacochyme, sadique ou vicieux. Je pense que si nous devons donner suite à cette première prise de contact, mieux vaut, dès maintenant jouer cartes sur table.

Si votre annonce est sérieuse, vous me trouverez prête à remplir soigneusement les clauses du contrat.

Veuillez croire, etc.

Hildegarde Maëner

Elle inscrivit l'adresse et le numéro de boîte postale, glissa la feuille dans l'enveloppe, cacheta celle-ci et regarda avec un sourire légèrement sceptique le petit carré blanc inoffensif qui la relierait peut-être à son prince d'argent.

Elle attendit pendant des semaines la réaction du partenaire, ne s'inquiétant pas trop, se doutant bien que la lettre n'arriverait pas par retour du courrier. L'homme devait effectuer un tri méthodique dans ses innombrables réponses.

Elle continua cependant à lire régulièrement l'hebdomadaire mais n'y découvrit aucune offre aussi alléchante.

À tout hasard, elle se fit faire un tailleur, y consacrant une bonne partie de ses économies. Si son destin changeait, elle avait intérêt à n'avoir pas trop l'air d'une gouvernante en rupture d'emploi le jour de la convocation.

Elle alla chez l'éditeur pour lequel elle faisait des traductions et réussit à en rapporter du travail supplémentaire pour améliorer sa garde-robe et franchir enfin la porte d'un institut de beauté.

Deux fois par jour, à l'heure du courrier, elle alla vérifier le contenu de sa boîte à lettres.

Alors qu'elle commençait à désespérer et se demandait si elle n'avait pas fait preuve d'un manque absolu de psychologie dans sa réponse, elle reçut enfin, un matin, le choc tant espéré. Une lettre l'attendait, venant de France, timbrée de Cannes. Elle la tourna et la retourna entre ses doigts pendant un long moment avant de l'ouvrir. Finalement, elle déchira l'enveloppe et lut :

Mademoiselle,

L'énorme afflux de lettres dû à mon annonce a différé ma réponse ; la vôtre a retenu mon attention.

Votre manque total d'hypocrisie m'a séduit, vous semblez correspondre à la jeune femme moderne, positive et entreprenante que je cherche depuis longtemps.

Je pense que si vous êtes toujours libre d'engagement, nous pourrions faire plus ample connaissance et jeter les premières bases d'un avenir commun. Dans ce but, je prends la liberté de joindre à cette lettre un billet d'avion pour Cannes et de vous informer qu'une chambre y est retenue pour vous au Carlton.

Je tiens à vous préciser que votre séjour sur la Côte d'Azur sera entièrement à ma charge quelles que soient sa durée et la décision finale que je prendrai. Au cas où nous ne parviendrions pas à nous entendre, votre billet de retour vous sera offert également.

Dans l'attente du plaisir de faire votre connaissance, je vous prie, Mademoiselle, de croire à l'expression de mes sentiments les plus respectueux.

La signature était illisible mais elle vit bien le billet d'avion daté pour le lundi suivant.

Les yeux rêveurs de Hildegarde allaient alternativement du billet à la lettre, tapée à la machine comme une vulgaire circulaire et sans doute même dictée à une secrétaire.

Combien d'exemplaires s'étaient posés ce même jour sur Hambourg, telle une volée d'oiseaux blancs !

Hildegarde ne devait pas penser à la concurrence possible. Pour la première fois de sa vie, elle allait voyager et descendre dans un palace aux frais d'un inconnu.

Même si elle faisait partie d'un groupe, elle avait triomphé de la première épreuve.

L'aventure enfin commençait et le mariage devenait sinon probable, du moins possible, envisageable en tout cas, bien que dans ce projet d'hymen le seul mot qui le justifiait n'ait jamais été prononcé de part et d'autre ; le mot « AMOUR ».

PREMIÈRE PARTIE

1

Sur une commode face à elle, jaillissaient d'un vase d'argent trois douzaines de roses rouges, trente-sept exactement, elle venait de les compter.

Ses mains, sur la couverture glacée d'une somptueuse revue qu'elle ne lisait pas, laissaient leur empreinte moite.

Elle attendait, comme chez le dentiste, que la porte s'ouvrît.

L'appartement 306 comprenait une suite au deuxième étage avec une vue sur la mer, le portier le lui avait dit. Dans sa chambre personnelle, dont la vue reposante donnait sur les jardins, elle avait trouvé, la veille en arrivant, une corbeille de fleurs accompagnée d'un mot de bienvenue.

Le soir, elle reçut un appel téléphonique l'avertissant que la personne qu'elle devait contacter la recevrait le lendemain, mais qu'elle pouvait se reposer, sortir, aller danser, faire une promenade en mer, se rendre chez le coiffeur. Un compte en argent français lui était ouvert, elle n'avait qu'à se faire connaître à la réception.

On lui souhaita un agréable séjour et elle n'eut plus qu'à raccrocher sans connaître l'identité de son interlocuteur.

Hildegarde avait donc été se faire coiffer à l'institut de beauté de l'hôtel, avait donné ses robes à repasser à la femme de chambre et avait acheté des bas.

Le lendemain, au téléphone, une secrétaire prit courtoisement de ses nouvelles et lui fixa rendez-vous pour l'après-midi, quatre heures, à l'appartement 306.

Elle attendit sept minutes, puis la porte s'ouvrit et une jeune femme s'approcha en souriant.

— Mademoiselle Hildegarde Maëner ?

Hilde acquiesça en rougissant.

— Si vous voulez vous donner la peine d'entrer.

Et d'un geste gracieux de la main, elle lui indiqua le chemin.

Hilde se leva, fit tomber son sac. Les deux femmes faillirent se heurter en voulant le ramasser, puis Hilde pénétra dans le salon dont la porte se referma doucement.

Un homme d'une soixantaine d'années, à la calvitie distinguée, à la sobre et remarquable élégance, s'avança en lui tendant la main.

Hilde sourit, rassurée et ravie. Son allure était une agréable surprise.

— Mademoiselle Maëner, je suis ravi de vous accueillir en France. Mais excusez-moi, peut-être ne parlez-vous pas français ?

— Si, couramment.

— Magnifique ! Si vous voulez vous asseoir.

Il lui offrit un fauteuil et passa derrière une grande table de marqueterie surchargée de dossiers, de plusieurs téléphones et d'un dictaphone qu'il brancha aussitôt : « Je ne veux être dérangé sous aucun prétexte. N'oubliez pas de préparer le dossier complet de l'affaire Bremer pour ce soir. » Il releva l'interrupteur. Ils étaient à nouveau seuls dans la pièce.

— Comment trouvez-vous la France, mademoiselle Maëner ? La connaissiez-vous déjà ?

— Non, je n'ai jamais quitté l'Allemagne. À vrai dire, je n'ai jamais non plus quitté Hambourg.

— Quelle admirable cité ! Ces guerres sont bien navrantes.

Hilde ne répondit pas.

— Vous avez perdu toute votre famille dans un bombardement ?

— Oui, mon père, ma mère, ma sœur et son bébé.

— Je vois. Je vous présente toutes mes condoléances. Votre beau-frère a eu la chance d'en ressortir indemne ?

— Oui, et Hilde eut un rire amer. Il a eu beaucoup de chance mais pas tellement de temps pour en profiter. Il a été tué sur le front occidental « en héros », comme on dit aux familles.

— Quelle effroyable destinée. Vous êtes donc seule au monde ?

— Autant qu'on puisse l'être.

— Et vous n'avez aucun ami ?

— Aucun.

L'entretien prenait un ton étrange. Elle avait tout imaginé de cette entrevue sauf de se retrouver de l'autre côté d'un bureau en train de donner ses références.

— Fumez-vous, mademoiselle Maëner ?

— Volontiers.

Il sortit un étui d'or de sa poche et lui offrit une cigarette qu'il alluma à un briquet d'or également. Elle fut un peu décontenancée de voir qu'il ne fumait pas.

— Êtes-vous bien installée ?

— Très confortablement, je vous remercie.

— Je suis désolé, il n'y avait plus de chambre sur la mer.

— Aucune importance, je suis très bien sur les jardins.

— Tant mieux. Votre voyage n'a pas été trop pénible ?

Elle fit signe que non et se demandait s'il l'avait fait venir d'Allemagne pour une conversation à bâtons rompus, sans doute préférait-il rester dans le vague avant de se faire une opinion. Mais Hilde, après avoir imaginé le pire, ne pouvait que le trouver acceptable. Elle aurait aimé se lever et dire : « topez-là, marché conclu », puis descendre dans Cannes acheter les choses les plus folles pour rattraper le temps perdu.

— Puis-je vous demander, mademoiselle Maëner, quels sont vos moyens d'existence ? Il est si remarquable à notre époque qu'une femme puisse surnager dans ce chaos.

— Je fais des traductions, je vous l'ai écrit.

— Peut-être ; étonnant que cela suffise à vous faire vivre, non ?

— Oh ! vous savez, il y a des tas de moyens de vivre mal.

— Parfait, parfait.

— Point de vue personnel…

Ils se sourirent tous deux fort aimablement.

— Puis-je vous offrir une tasse de thé, un doigt de porto ?

— Si vous voulez.

Il se leva, ouvrit la porte d'un secrétaire transformé en bar. Un éclairage intérieur faisait danser les somptueux reflets du cristal taillé de plusieurs flacons. Il prit un verre que Hildegarde aurait aimé voir chez elle dans une vitrine et le tendit gracieusement à la jeune femme. En souriant il la regarda. Elle n'osa pas boire, sentant qu'il allait porter un toast. Il le fit sans se compromettre : « À l'avenir », dit-il. Il n'avait pas dit « au nôtre », elle but tout de même.

— Savez-vous, mademoiselle, ce qui m'a fait vous choisir parmi les innombrables lettres que j'ai reçues ?

— Le hasard ?

— Non. Rien ne peut être laissé au hasard dans cette... disons... entreprise, car le mot aventure me semble un peu libertin dans notre cas.

Serait-il impuissant ? pensa Hilde.

— C'est votre remarquable franchise. La fortune, surtout quand elle devient internationale, crée des antennes qui vous permettent de détecter immédiatement l'exploiteur.

Hildegarde s'agita sur sa chaise.

— Dans les lettres que j'ai reçues, beaucoup émanaient de filles si ordinaires que je leur ai fait l'aumône de ne pas les lire jusqu'au bout, mais la plupart croyaient habile de ne pas faire allusion à cette fortune qui justifiait l'annonce. Vous estimerez avec moi cette réaction hypocrite tout à fait maladroite. D'autres en parlaient, bien sûr, mais aussi du fiancé qu'elles voulaient jeune, beau et prêt à les aimer.

Il s'interrompit, fit tourner pensivement son verre entre ses mains puis enchaîna :

— Curieux de constater le manque d'équilibre des êtres, vous passez une annonce assez exceptionnelle et qui s'adresse exclusivement à des femmes seules pauvres et plutôt déshéritées, puisqu'elles en sont réduites à cet expédient pour se trouver un mari. Je ne dis pas cela pour vous, mademoiselle Maëner, car je vous trouve différente, mais enfin les femmes qui répondent à ce genre d'annonce appartiennent à un type assez défini et se contentent en général d'un fonctionnaire en retraite ou d'un malade grincheux qui leur assurent le confort matériel. Elles sont prêtes à tout accepter pour ne plus être seules. Offrez-leur un pavillon de banlieue ou une arrière-boutique dans un commerce d'alimentation et elles se mettent à rêver ; mais ne prononcez jamais le mot : argent. C'est le maître-mot, voyez-vous. Rien que de le flairer les grise et elles se mettent alors à exiger des garanties tout à fait inconvenantes.

« Quelle remarquable leçon de psychologie j'ai reçue en même temps que ces lettres ; c'est pourquoi la vôtre m'a tout de suite accroché. Vous abordez le problème financier avec une franchise très sympathique. Je vous suis reconnaissant également de ne pas avoir sombré dans une sentimentalité pleurnicharde que beaucoup auraient excusée vu les circonstances tragiques qui vous ont ravi votre famille. J'aime assez peu les gens sentimentaux, bien que ce fût à craindre d'une Allemande, mais j'ai déjà compris que vous n'étiez pas comme les autres.

Et il s'inclina dans un petit salut déférent.

— Vous avez très bien compris également qu'on ne donnait rien pour rien et cette lucidité est tout à votre honneur.

— Je suppose ne pas être la seule à l'avoir eue.

— En effet. Trois autres personnes ont comme vous accepté avec bonne grâce mon hospitalité et je les ai longuement contactées ces jours-ci. Je ne vous cacherai pas que je vous ai classée la dernière par ordre de préférence.

Un peu suffoquée, Hilde demanda :

— Elles sont ici, au Carlton ?

— Certainement, mais ne vous inquiétez pas, ce n'est pas un meeting et elles ne portent pas de badge. Il y a donc assez peu de chances pour que vous vous rencontriez.

— Je vois, dit Hildegarde qui avait envie de s'écrier dans un accès de loyauté : « Et que la meilleure gagne ! » mais elle n'en dit rien puisque, en fait, cela devait se passer ainsi.

— Je m'excuse, mademoiselle Maëner, de vous avoir fait quitter Hambourg pour venir jusqu'ici, mais il me semblait essentiel que cette prise de contact ne fût pas épistolaire.

— Je ne le regrette pas, assura Hilde.

— Alors, chère mademoiselle, maintenant que nous avons rompu la glace, pouvez-vous me dire ce que vous attendez de ce mariage ?

Hilde avala sa salive.

Rien ne se passait comme prévu et le fiancé avait surtout l'air d'un psychiatre mondain. Il la regardait en souriant les mains croisées sur son bureau et semblait avoir toutes les patiences.

— Je…, commença-t-elle.

Mais rien ne changea dans son attitude à lui et il ne l'encouragea pas.

— Ma lettre vous a tout expliqué. La vie d'une femme seule est sans mystère. Je ne vois pas ce que je pourrais ajouter susceptible de vous intéresser.

— Répondez-vous souvent à ce genre d'annonce ?

— Non, qu'allez-vous imaginer ! Ceci est tout à fait exceptionnel.

— Puis-je alors reposer ma question : qu'attendez-vous de ce mariage ?

— Mais, ce que vous m'en proposez : le luxe, une vie agréable, des voyages.

— L'argent a beaucoup d'importance pour vous ?

— Comme pour tous ceux qui n'en ont pas, j'imagine.

— Que feriez-vous pour en obtenir, mademoiselle Maëner ?

— Quelle étrange question ! Je ne suppose pas que vous m'avez fait venir de si loin pour me demander mes conditions, mais plutôt pour me soumettre les vôtres.

— Très bien répondu.

— Puis-je, à mon tour, vous demander ce que vous attendez de cette union, puisque je n'ai rien à vous offrir.

— Permettez, je pose les questions. Ayez l'extrême obligeance de ne pas l'oublier. D'après votre lettre j'ai cru comprendre que vous accepteriez n'importe quel compromis, mettons, sentimental avec un homme vicieux, sadique ou cacochyme. Ce sont bien vos propres termes n'est-ce pas ?

— Je ne les renie pas.

— En disant cela, envisagiez-vous la possibilité de prendre un amant de cœur si le mari ne vous convenait pas ?

— Non, bien sûr. Les histoires de cœur ne m'intéressent pas, j'en ai eu. À trente-quatre ans, je ne recherche pas ce genre de plaisir. La fidélité, je peux vous la garantir, ce ne sera pas un sacrifice. J'ai envie de vivre, sans plus. J'ai envie que les mois cessent d'avoir dix jours.

— Dix jours ?

— Oui, c'est en général le temps où je n'ai pas à me poser de problème pour savoir comment payer le loyer ou m'acheter une nouvelle paire de chaussures. Vivre sans carte de rationnement sera pour moi déjà une volupté suffisante. Dans ce domaine uniquement vont mes ambitions et il me faudra des années et des années pour en émousser l'appétit.

« Ma jeunesse a été sacrifiée, je ne me plains pas, je constate. Aujourd'hui, votre annonce m'offre la possibilité d'une revanche ; pouvez-vous imaginer que je la laisserai passer ou que je la compromettrai pour une rocambolesque aventure amoureuse ? Non, cent fois non. Je guette cette planche de salut depuis des années. J'ai eu le temps d'y modeler mon imagination et rien, absolument rien ne me semble rebutant pour l'obtenir.

Il y eut entre eux un long silence.

— Certainement, j'ai tort de vous parler ainsi. Je manque de la plus élémentaire diplomatie et vous devez me prendre pour une aventurière, mais… – et instinctivement elle baissa la voix, je suppose que vous avez fait passer cette annonce pour trouver une femme comme moi ?

— Continuez, mademoiselle Maëner.

— J'ai cru, évidemment, qu'en échange de la fortune le mari serait une espèce de monstre ou de maniaque. Je vous vois et je dois dire qu'après m'avoir rassurée, votre aspect trop séduisant commence à m'inquiéter.

Il ne dit rien, mais de la main lui fit signe de poursuivre.

— Ayant du charme, vous obtenez je suppose que les femmes dont vous avez envie sans question d'argent. Alors pourquoi passez-vous par les annonces puisque ce n'est pas pour surmonter un handicap physique ?

— Vous êtes intelligente et assez perspicace. Je me permettrai donc de citer une phrase que vous venez de prononcer au sujet de la fortune, bien entendu : « Rien ne me semble rebutant pour l'obtenir. » Savez-vous que c'est là un point de vue assez compromettant ?

— Cet entretien restera confidentiel, je suppose. Si vous lui donnez suite, mon opinion entre dans vos vues.

— Pour une jeune femme aussi réaliste, n'avez-vous pas été imprudente en répondant à l'annonce d'un inconnu ?

— Chaque aventure à ses risques. Moi je ne possède rien, que pourrais-je donc perdre ?

— Mais vous espérez tout gagner, n'est-ce pas ?

— Le plus possible en tout cas.

— Et par n'importe quel moyen ?

— Vous allez me faire croire qu'il s'agit d'une escroquerie ?

— Qu'allez-vous imaginer ! Je suis sans doute maladroit si vous pouvez envisager d'après notre conversation une issue aussi vulgaire. Difficile, voyez-vous, de faire connaissance d'une manière un peu approfondie en un temps aussi bref. Votre loyauté m'autorise à donner un tour aussi intime à notre entretien.

« L'essentiel est donc que nous soyons d'accord sur les autres plans car physiquement vous correspondez à ce que j'espérais. Vous venez de parler d'escroquerie, mademoiselle Maëner, puis-je vous demander votre point de vue ?

Hilde réfléchit un instant à ce piège qu'il lui tendait, ayant l'air d'abonder dans son sens.

— Je trouve navrant, dans une escroquerie, que sa conclusion logique se trouve devant les tribunaux.

Il se mit à rire et elle le regarda, étonnée.

— Voilà une petite femme romanesque ! Je pense que le mariage vous convient tout à fait.

— Je le pense aussi et je dois ajouter très sincèrement que je n'espérais pas du tout un mari comme vous.

— Vous avez très bien fait de ne pas l'espérer, je ne vous épouserai pas.

— Que voulez-vous dire ?

— Je vous fais passer un test, uniquement.

— Quelle est cette comédie ?

— Asseyez-vous. Inutile de vous vexer. Vous n'imaginez pas qu'on épouse un milliardaire comme un employé des chemins de fer ? Cela demande pas mal de doigté. Il faut avoir pas mal d'aptitudes que vous semblez présenter, mais cela ne suffit pas.

— Et où est ce mystérieux fiancé ?

— Nous en parlerons après, si vous le voulez bien. Nous avons une question beaucoup plus importante à régler.

Hilde, absolument sidérée, le regardait sans comprendre.

— Mademoiselle Maëner, cet entretien est strictement confidentiel, je vous le garantis non seulement dans votre intérêt mais également dans le mien. Je crois vous avoir jugée dès le début de cette conversation et vous me semblez être la personne que je cherche.

« Vous ne m'en voudrez pas si je garde l'anonymat et celui de l'éventuel fiancé. Je vais suivre votre exemple et jouer cartes sur table. Au point où nous en sommes les subtilités me semblent superflues ; maintenant écoutez-moi bien. L'homme dont je suis le secrétaire et le bras droit est une des grandes fortunes mondiales. Le fait est incontestable. Cet homme âgé, malade, est doué d'un caractère difficile assez excentrique. Son argent permet de tout supporter avec le sourire. Je le connais admirablement et depuis de nombreuses années. J'ai joué auprès de lui un rôle écrasant, lui sacrifiant mes meilleures années, renonçant à toute vie personnelle pour me consacrer à la sienne, subissant ses lubies, et Dieu sait s'il en a, essuyant ses rebuffades, prévoyant ses moindres désirs, l'assistant dans ses maladies, organisant ses distractions ; bref, mon dévouement ne s'est jamais relâché une minute depuis que je suis entré à son service.

« Ce que j'ai fait pour lui, je ne l'aurais fait pour personne d'autre, mais je ne suis pas un altruiste, j'attendais la récompense de mes efforts. Ma position, qui peut sembler enviable et elle l'est financièrement, n'est en fait qu'un esclavage ; mais je vous l'ai dit, ayant su me rendre indispensable, j'en attendais sereinement la récompense. Un hasard tout à fait fortuit m'a fait comprendre que j'avais toutes les chances d'en être frustré. Mon patron, je vous l'ai dit, est âgé et malade, et de plus célibataire ; il a cru bon dernièrement de faire son testament. J'ai eu la chance de pouvoir en prendre connaissance et de voir le montant du legs me concernant.

« J'ai soixante-deux ans, mademoiselle Maëner, et ai passé vingt ans de ma vie au service d'un ingrat. La totalité de sa fortune sera utilisée pour des fondations philanthropiques portant son nom. Il se moque éperdument de l'avenir du monde, mais envisage ce moyen de passer à la postérité. Son nom brillera en lettres au néon et son buste en marbre sera dans les maisons qu'il aura fondées. J'ai réfléchi à la façon dont je pouvais faire tourner la chance. Il n'y en a qu'une et, pour cela, j'ai passé cette annonce.

Hilde, sans bouger, l'écoutait passionnément.

— Je le connais bien et sais le manœuvrer. Si vous faites scrupuleusement ce que je vous dis, je ferai votre fortune.

— Et pourquoi la feriez-vous ?

Il sourit et alluma la lampe sur son bureau.

— Parce que pour faire la mienne, je suis obligé de faire la vôtre.

— Expliquez-vous.

— Nous sommes là pour cela. Comme je vous l'ai dit, s'il meurt célibataire, toute sa fortune retourne à l'État et à des œuvres ; mais à son âge une femme un peu habile peut bouleverser sa vie. Si nous travaillons ensemble nous pouvons faire sauter la banque. J'ai été obligé de m'adresser à une inconnue. Il est misanthrope et surtout misogyne. Toutes les femmes qu'il connaît sont de son monde, presque aussi riches que lui et ne pourraient pas, pour une augmentation de capital, supporter un être aussi grincheux.

« Les autres, eh bien, mon Dieu, elles n'ont jamais été sollicitées plus de deux ou trois jours, moyennant un forfait raisonnable. Parce qu'il vieillit en ce moment et que sa santé se révèle de plus en plus chancelante, j'ai pensé à assurer mes vieux jours. Je vous le répète je connais ses goûts, ses manies, ses phobies. Vous, seule, ne pouvez rien. Je sais, moi, comment vous faire entrer dans la place et surtout comment vous y maintenir.

— Et que devrais-je faire pour vous une fois que j'y serais ?

— Vous y serez grâce à moi, ne l'oubliez jamais... Vous devrez me prouver votre reconnaissance mieux que lui ne l'a fait.

— C'est-à-dire ?

— Parlons chiffres. S'il meurt actuellement, ma gratification est de 20000 dollars. Je sais, ne me regardez pas avec cet air ébahi, cela représente beaucoup d'argent, mais pour vous, pas pour lui. Je n'aurais jamais tant travaillé si j'avais connu le montant du pourboire. S'il vous épouse, je veux qu'à sa mort vous me remettiez, en plus de mon legs, ce que j'estime être mon dû, soit

200 000 dollars. Ce sera pour moi une bonne affaire et pour vous un conte de fées.

— Mais il n'est peut-être pas malade au point de mourir incessamment ?

— Heureusement non, sans quoi nos projets seraient à l'eau. Il faut tout de même un minimum de temps pour que je vous fasse entrer dans la place et qu'il vous épouse.

— Mais peut-être ne mourra-t-il que dans dix ans !

— Il en a déjà soixante-treize. D'autre part, qu'espériez-vous ? Être sa légataire universelle et qu'il soit sur son lit de mort ? Vous allez devenir fabuleusement riche. Vous pouvez bien le supporter six mois, un an, ou même dix. Vous aurez un train de vie que, sans lui, vous n'auriez eu aucune chance de connaître. L'attente passera le plus agréablement possible si vous suivez mes instructions. N'oubliez jamais cela. Je serai un compagnon qu'il ne faudra pas négliger.

— Je m'en garderai bien ; mais pourquoi renoncez-vous à la totalité de cette fortune à mon profit ?

— Je n'y renonce pas, pour cette bonne raison que je n'ai pas le choix. Si je reste seul avec lui je devrai me contenter de 20 000 dollars, si vous êtes là, j'ai la possibilité d'en avoir 200 000 en plus. Éventualité intéressante, qu'en pensez-vous ?

— Dieu, je ne m'attendais pas à cela !

— Je m'en doute. Je voudrais que vous réfléchissiez à ce que je viens de vous dire. Vous me donnerez demain votre réponse.

— Mais je voudrais savoir…

— Je vous ai dit l'essentiel. Si nous nous mettons d'accord, je vous donnerai de plus amples informations.

Et il se leva, lui signifiant la fin de l'entretien.

Hildegarde, un peu absourdie, l'imita.

— Voulez-vous demain, même heure, même endroit ?

— Certainement.

— Bonsoir, mademoiselle Maëner, ravi d'avoir fait votre connaissance.

— Je suis ravie aussi.

Il n'y avait pourtant aucune raison de l'être, mais comment la pauvre Hildegarde aurait-elle pu imaginer ce qui l'attendait.

2

Le lendemain, le même cérémonial que la veille se déroula. Les roses rouges remplacées par des blanches semblaient un présage heureux, annonciateur de fiançailles prochaines.

Le matin, Hilde avait acheté des escarpins chez un bottier et il lui semblait qu'une vie nouvelle commençait. N'ayant pas dormi de la nuit, elle avait eu le temps de retourner cette affaire dans tous les sens, plutôt contente, au fond, que les choses se présentent ainsi. Ne croyant pas aux contes de fées, elle avait toujours pensé qu'il y aurait quelque clause désagréable que l'annonce ne pouvait mentionner, mais, somme toute, maintenant qu'elle la connaissait, l'affaire semblait se présenter assez bien. Elle ne serait pas seule à faire face à un monde hostile. Il le lui avait bien dit : « Je sais comment vous faire entrer dans la place et comment vous y maintenir. » Dès le moment où ils se seraient donné leur mutuel accord, il deviendrait un allié sûr qui lui éviterait les impairs.

Leurs intérêts communs étaient liés. Pris séparément, ils ne pouvaient rien faire. Il était important qu'elle ne soit pas seule à dépendre de lui qui aurait à se contenter de 20 000 dollars, alors qu'elle posséderait une fortune mondiale.

« Comme on s'habitue vite », pensa-t-elle, mais ses réflexions furent interrompues par la jeune femme de la veille qui vint la trouver.

— Si vous voulez vous donner la peine d'entrer, mademoiselle Maëner.

Elle se leva et passa dans le grand salon.

Vêtu aujourd'hui de tweed gris, il semblait plus jeune que la veille et le léger bronzage qu'elle n'avait pas remarqué faisait ressortir ses yeux clairs.

Il lui sourit et désigna un fauteuil :

— Avez-vous passé une bonne nuit ?

— À vrai dire, je n'ai pas fermé l'œil une seconde. J'ai repensé à tout ce que vous m'aviez dit.

— Et à quelle conclusion êtes-vous arrivée ?

— Au mariage sans objection. Après un petit silence, elle ajouta : À moins que l'objection ne vienne de vous.

— Vous me voyez heureux de cette décision. Les trois autres jeunes femmes vont repartir avec leurs illusions déçues. Bien navrant, ne croyez-vous pas ?

Hilde se mit à rire un peu nerveusement.

— Mademoiselle Maëner, avez-vous un notaire qui s'occupe de vos intérêts ?

— Grand Dieu non, qu'en ferais-je ?

— Mais qui s'occupe de vos affaires ?

— Je suis gênée de vous rappeler que je n'ai pas d'affaires si ce n'est celle-ci.

— Je vois.

Et il se servit du crayon qu'il avait entre les doigts comme d'un balancier.

— Avez-vous un notaire à proposer ?

— Non, je n'en connais pas.

— Peut-être pourrais-je en trouver un susceptible de s'intéresser à vous ? Que pourrez-vous lui présenter comme attestations officielles vous concernant ?

— À part une carte d'identité et une autre de rationnement, je ne vois pas grand-chose.

— Mais, pour vous marier, vous serez obligée de fournir des tas de documents officiels : extrait de naissance, extrait de casier judiciaire, des tas de choses de ce genre !

— Je n'y avais pas songé.

— Pourrez-vous vous les procurer rapidement ?

— Non, j'en ai bien peur. Voyez-vous, je suis hambourgeoise, et tous les bombardements ont détruit les bâtiments officiels et la plupart des archives. Je peux écrire, naturellement, mais il faudra sans doute beaucoup de temps pour recevoir un duplicata.

— En effet. D'autre part nous pouvons déjà régler certaines formalités administratives.

Et, en disant cela, il sortit un dossier d'un tiroir de sa table.

— Mademoiselle Maëner, dit-il en le frappant du plat de la main, puisque vous êtes orpheline, je vais vous adopter.

Hilde le regarda, complètement éberluée.

— Plaît-il ?

— Je vais vous adopter. Légalement, vous serez ma fille. Qu'en pensez-vous ?

Les mains croisées sur le dossier, il la regardait en souriant.

Hilde essayait de reprendre ses esprits ; à tout hasard elle dit :

— Très généreux de votre part et…

— Ne vous méprenez pas, je ne suis pas philanthrope mais homme d'affaires. Je mise sur vous, d'accord, mais je prends mes garanties.

— Excusez-moi, je dois avoir l'esprit lent.

— Vous me convenez parce que vous êtes prête à tout pour de l'argent, mais l'arme est à double tranchant. Je ne doute pas de votre sincérité temporaire ! Je sais qu'avant le mariage, je peux compter sur vous comme sur un autre moi-même, mais après... Qu'en pensez-vous, mademoiselle Maëner ?

— ...

— Il serait facile de persuader un vieux mari que sa jeune femme se trouve en butte aux assiduités d'un secrétaire peu scrupuleux. Et alors, moi, le dévoué serviteur, que deviendrais-je ?

— Je ne ferais jamais une chose pareille !

— On le prétend toujours avant.

— Et en quoi le fait de m'adopter vous garantirait-il ?

— Réfléchissez une seconde et vous allez le savoir. Je n'ai pas l'intention d'en faire état, je garde ce joker dans mon jeu au cas où vous en oublieriez les règles ; à ce moment-là, votre théorie se détruirait d'elle-même. Comment moi, un bon papa qui n'a que sa fille au monde, pourrais-je avoir de pareilles pensées ? D'autre part, ce mari deviendra idéal le jour de sa mort et qui me dit alors que, émancipée, vous n'aurez pas des idées d'indépendance et d'ingratitude tout à fait contraires à mon programme.

— La confiance règne !

— Où ?...

— Notez bien que je ne suis pas opposée à cette idée, elle me surprend, sans plus.

— Je suis ravi de vous voir dans ces dispositions. Voyez-vous, rien ne vaut la famille, surtout dans des questions d'intérêts. On peut se perdre de vue, se fâcher ou se haïr, mais les liens restent étroits et il vaut mieux être le père d'une jeune femme riche que son gigolo.

Hilde s'enfonça dans son fauteuil et croisa les jambes.

— Quand, demanda-t-elle, verrai-je l'élu de mon cœur ?

— Quand vous serez physiquement présentable, d'une part.

— Trop aimable !

— Vous êtes une jolie femme, moi je le sais, mais bien peu de gens peuvent s'en apercevoir. Il faut apprendre à vous coiffer, à vous maquiller, à vous habiller, à marcher, à faire un cocktail, à parler de tout et de rien, de cours de la Bourse, de politique internationale, de chevaux que l'on peut citer sans avoir l'air d'un bookmaker ; toute une éducation, mademoiselle Maëner, mais le rôle de Pygmalion est tentant pour un homme de mon âge. D'autre part, je tiens à régler avec vous toutes les petites questions techniques.

— Je ferai ce que vous voulez.

— Parfait ! Si vous voulez prendre ma place à ce bureau, j'aimerais vous dicter une lettre.

— Pour qui ?

— Pour moi, une lettre autographe que je n'utiliserai que si vous contestiez les 200 000 dollars que vous devez me remettre à la mort de votre mari.

— Mais je vous ai donné hier mon accord sur ce point.

— Certainement, aussi n'est-ce qu'une confirmation écrite qui me garantirait, moi, si vous l'oubliiez, et qui ne vous engage pas actuellement puisque vous ne la signerez que de votre nom de femme mariée. Une fois en possession de la fortune, vous me remettez l'argent, moi, je vous remets la lettre ; sinon, je me trouve dans la fâcheuse obligation de la faire valoir devant les tribunaux. Tout, vous le voyez, ne dépend donc que de votre bonne foi. Ne l'oubliez pas et tout se passera bien. Si vous voulez vous asseoir à ma place maintenant, vous serez mieux pour écrire.

Hilde se leva et, en passant devant lui, plongea ses yeux dans les siens. Il la prit aux épaules et la garda un instant face à lui.

— Vous devez me faire confiance, entièrement, comme je l'ai fait hier en vous dévoilant mon jeu. Nous sommes partenaires dans cette affaire, persuadez-vous de cela. Si vous en doutez ou essayez de jouer au plus fin, je préfère que là se bornent nos relations. Personne n'est irremplaçable et les trois jeunes femmes ne sont pas encore parties. Ne perdez pas de vue que sans moi, vous retournez à vos traductions et à votre immeuble de banlieue.

— Que dois-je écrire ?

Il sortit une grande feuille de papier glacé et la lui tendit avec un stylo puis se mit à marcher de long en large devant la table :

« `Cher Père,` »

Hilde baissa la tête et on n'entendit plus que le grincement de la plume sur la feuille de papier.

« *Ci-inclus un chèque barré de 200 000 dollars. Le premier mais aussi le dernier et pour solde de tout compte. Je te le donne parce que mon mari est mort. Il endormira, j'espère, tes scrupules.* »

Hilde releva la tête.

— Je ne comprends pas cette dernière phrase, dit-elle.

— Il faut garder un minimum de logique. Si votre mari meurt, normal qu'étant votre père j'essaye d'en retirer un peu plus que mon legs de 20000 dollars. N'oubliez pas que cette lettre est une garantie au cas où vous négligeriez les clauses de notre accord. Tel est le jeu que je jouerais alors : mettre en doute la validité d'un nouveau testament en votre faveur et cette lettre n'en sera qu'une confirmation en ce sens. Je dois assurer mes arrières. J'organise ce mariage uniquement pour toucher cet argent. Je dois donc prendre des assurances sur votre bonne foi. Continuez, je vous prie.

Et il se remit à dicter.

« Le temps doit couler sur cette affaire et ce moyen te le fera passer agréablement.

Ta fille affectionnée,

Hildegarde Korff Richmond »

— Voilà, vous connaissez maintenant vos deux futurs noms. Excusez-moi de me présenter si tard, mais vous en comprendrez aisément les raisons. Mon nom : Anton Korff. Dès que vous aurez un compte personnel, vous me signerez le chèque. Pour l'instant, veuillez libeller l'enveloppe à mon nom pour qu'il n'y ait aucune confusion possible.

Et il lui dicta son adresse.

— Merci, mademoiselle Maëner, maintenant donnez-moi encore quelques signatures sur ces pièces officielles.

— De quoi s'agit-il ?

— De votre adoption.

— Vous aviez tout prévu ?

— Cela va de soi !

Hilde signa des formulaires et demanda à Anton Korff sans le regarder :

— Seriez-vous allemand, par hasard ?

— Hambourgeois, pour vous servir. Je préfère qu'une compatriote bénéficie d'une telle chance.

— Vous n'êtes pas marié ?

— Certes non, je vous offre un père, pas une famille.

— Et que dois-je faire, maintenant ?

— Vous préparer. Achetez des robes, des parfums ; enfin je n'ai pas de conseil à vous donner. Je suppose que n'importe quelle femme sait se débrouiller en ce qui concerne la toilette. Ah ! juste une chose ; M. Richmond déteste le vert. Souvenez-vous-en !

Hildegarde s'en souvint en se composant un trousseau digne d'une princesse. Elle s'aperçut vite qu'il suffisait à une femme d'être élégante pour tenir les gens à distance.

Ses cheveux naturellement beaux furent mis en valeur par un coiffeur habile qui sut lui créer une coiffure distinguée et originale.

Elle fréquenta l'institut de beauté deux fois par semaine, acheta ses parfums chez Rochas et sa lingerie chez Dior.

Progressivement la grande vie commença.

Tous les soirs, elle dînait à l'appartement 306 en tête à tête avec Anton Korff, qui fignolait son éducation.

Hildegarde, en élève douée, apprit rapidement comment obtenir ce qu'elle désirait d'un homme du monde, d'un agent de change ou d'un domestique.

Elle apprit les règles du baccara et s'initia aux mystères boursiers.

L'après-midi, elle sortait peu.

— Personne ne doit vous connaître, lui dit Anton Korff. Il faut laisser à Karl Richmond l'impression qu'il vous a découverte. Nous orchestrerons bien entendu cette première entrevue avec le plus grand soin, mais puisque nous envisageons le mariage, le coup de foudre est essentiel à son âge.

— Comment pouvez-vous me garantir qu'il l'aura ? s'inquiétait Hilde.

— Le plus grand atout d'une femme : l'imagination de l'homme. Sachez l'éveiller, le reste se fera tout seul.

— Et si dans son cas elle n'opérait pas ?

— Il ne vous resterait plus qu'à retourner à Hambourg poursuivre vos traductions.

— Je ferai tout ce que vous me direz.

— Alors, tout ira bien.

Jour après jour, lentement il la transforma, lui donnant la silhouette qu'il désirait ; cela seul comptait. Il n'était pas question de façonner son intelligence ; Anton Korff avait la sienne largement suffisante pour eux deux.

3

Installé dans son fauteuil de paralytique, Karl Richmond fulminait parce qu'il n'avait plus de cigares.

S'aidant des roues, il fit pivoter son fauteuil et s'éloigna de la table où refroidissait son déjeuner à peu près intact.

Trois Jamaïcains en veste blanche, le buste incliné, recevaient la semonce et encaissaient les injures avec philosophie. Ils en avaient l'habitude.

La courbe des insultes restait invariable. La tirade allait se terminer puisqu'ils avaient déjà été traités de macaques, de fils de pute et de sacrés suppôts de l'enfer. Restait le couplet sur le pauvre millionnaire incompris. On l'abordait maintenant.

— Affreux, entendez-vous, fils de chien, toujours obligé de traîner derrière moi une pareille fange ! Bons à rien, vous attendez que je crève pour vous régaler de mon cadavre, vautours ! Mais vous n'aurez rien. Je ne laisserai pas mon argent à des abrutis pareils, incapables du moindre dévouement ; car je suis malade, entendez-vous ! Il me faut du repos, du calme, pas de contrariété. Le médecin l'a dit, pas de contrariété.

La colère le faisait s'égosiller.

— Foutez-moi le camp, laissez-moi tout seul ! Je suis habitué. Personne ne s'intéresse à moi parce que je suis vieux, mais je vous emmerde tous parce que je suis riche et que vous continuerez à me servir, que vous le vouliez ou non.

Et dans un grand geste il jeta sa montre en or contre la cloison.

— Va chercher !

Un des domestiques se précipita en dissimulant un sourire. Il ramassa la montre, la tint dans le creux des mains et hocha la tête d'un air désolé.

— Je crois bien qu'elle est cassée.

Le vieillard la prit, la retourna, la porta à son oreille. Sa colère tombée, il se mit à sourire.

— Peut-être bien que le mécanisme s'est bloqué, dit-il, mais c'est un beau boîtier en or et les brillants du remontoir ont beaucoup de valeur. Oui, un bijou qui représente un grand nombre de dollars. Il faudra le faire réparer, mais je ne peux pas m'en occuper puisque je suis infirme, alors je vais la donner, oui mes jolis, je vais la donner à un de vous trois ; un beau cadeau pour le remercier de son dévouement. Qui la mérite ?

Les trois hommes levèrent la tête et le regardèrent avec une obséquiosité servile.

— Je ne veux pas faire de jaloux puisque je n'ai qu'une montre à donner. Nous allons faire un concours et celui qui le gagnera aura la montre. Cela vous va ?

Trois sourires lui répondirent.

— Eh bien, voilà.

Et le vieil homme, l'air narquois, fit mine de réfléchir.

— Voyons, lequel de vous sait le mieux imiter le chien ? Toi, commence.

Il désigna celui le plus près de son fauteuil. Aussitôt l'homme, au garde-à-vous, se mit à aboyer.

Le regard des deux autres allait de leur compagnon au vieillard qui hochait la tête d'un air approbateur.

— Pas mal, pas mal, mais tu manques vraiment d'imagination. Essaye, toi.

Celui du milieu, à quatre pattes, reniflait à la manière d'un chien de chasse. Subitement il s'arrêta, dressa la tête comme une bête d'arrêt et repartit de plus belle, humant les roues du fauteuil, tournant autour des meubles et faisant mine de creuser un trou au pied du canapé.

— Peux-tu faire mieux ? demanda le vieillard au troisième.

L'autre hocha la tête, dissimulant un regard de haine, et se mit également à quatre pattes. Il vint droit sur la main du vieillard, la lécha, puis retourna vers son compagnon pas encore relevé, se mit à le renifler et fit mine de le compisser avec la sereine indifférence des chiens.

— Bravo ! applaudissait le vieillard. Bravo, très bien ! Il faut manger ta pâtée, maintenant.

Et rapidement, il fit pivoter son fauteuil, le ramenant près de la table. Dans son assiette restaient le manche d'une côtelette et des morceaux de gras figé. Il en prit un du bout des doigts et le tendit au Jamaïcain, qui fit le beau pour l'obtenir.

Accroupi sur ses talons, battant l'air de ses deux mains, il aboyait pour en obtenir à nouveau.

Le vieillard, ravi du jeu, s'y prêta de bonne grâce et lui fit terminer morceau après morceau les rognures de son assiette. L'autre engloutissait tout. Quand ce fut fini, il se remit à aboyer. Alors Karl Richmond, qui ne s'amusait plus, lui donna la montre.

Immédiatement, le chien redevint homme et les deux autres lui coulèrent un regard de rancune.

— Envoyez-moi le capitaine, ordonna le vieillard.

Les trois Jamaïcains s'inclinèrent et sortirent à la file.

Resté seul, Karl Richmond roula son fauteuil jusqu'à la salle de bains, ouvrit le robinet, laissa couler l'eau sur sa main, puis se sécha et s'aspergea de parfum.

On ne savait jamais quelle maladie bizarre pouvaient vous transmettre ces gens de couleur !

Il se coiffa devant la glace et s'inquiéta un peu parce que son œil gauche ne cessait de suinter depuis deux jours. Il adressa à la glace un rictus qui découvrit son ratelier plus jaune que de raison et, satisfait, fit pivoter son fauteuil qui le ramena dans la salle à manger où l'attendait le capitaine.

— Pouviez pas frapper avant d'entrer !

L'officier, la casquette sous le bras, se mit inconsciemment au garde-à-vous.

— Vous m'avez fait demander, monsieur ?

— Quand serons-nous à Cannes ?

— Dans deux jours au plus tard.

— Avez-vous un message pour moi ?

— Non, monsieur.

— Je me demande pourquoi il y a la radio à bord. Personne ne se soucie de moi.

— La radio est indispensable sur un bateau de ce tonnage.

— Rien d'Anton Korff ?

— Pas depuis trois jours, monsieur.

— Êtes-vous sûr qu'on a envoyé un câble à mon médecin ?

— Quel médecin ?

— Pour mon œil, bougre d'empaqueté ! Je veux le plus grand spécialiste d'Europe. Vous ne pensez pas que je vais me confier à n'importe quel imbécile. Je veux voir un grand professeur. Dites, franchement, comment le trouvez-vous ? Cela s'est aggravé depuis hier ? Approchez, bon Dieu, ce n'est pas contagieux !

Et nerveusement il lui roula son fauteuil dans les jambes.

Le capitaine se pencha, examina l'illustre malade et se releva, le visage impassible.

— Si, monsieur.

— Comment, si ?

— Je crois qu'il y a davantage de pus, si c'est ce que vous voulez dire.

— Pensez-vous que ce soit grave ?

— Je ne suis pas compétent, monsieur.

— Allez au diable !

— Avec plaisir, monsieur.

Le capitaine pivota sur ses talons, remit sa casquette et sortit sans se retourner.

L'infirme désœuvré ne savait plus quoi faire. Là résidait son drame, lutter pour tuer les heures et fulminer après en constatant qu'il ne les aurait plus à vivre.

Il roula le fauteuil jusque dans le carré où l'attendait son jeu de patience.

Le bateau entier avait été construit en rapport à son infirmité et les aménagements, conçus en conséquence. Les meubles petits et plaqués aux parois lui donnaient de l'espace pour qu'il pût se déplacer facilement. Les hublots avaient été remplacés par des baies pour qu'il pût voir la mer, mais il ne la regardait jamais ; il ne naviguait pas pour le plaisir des voyages puisqu'il quittait rarement son bord. Le seul intérêt de son existence se trouvait sur son bâtiment, parmi ses gens, comme un seigneur sur son fief. Dans cet étrange monde réduit, rien de ce qui se passait ne lui échappait. Il avait ses espions, ses partisans et surtout ses ennemis dont la haine seule lui donnait une raison d'exister.

Il se délectait de les réduire à merci.

Karl Richmond n'était pourtant pas à proprement parler un monstre.

Allemand de Hambourg, naturalisé américain pour la commodité de ses affaires, il avait échafaudé une gigantesque fortune, par hasard d'abord, en constatant des traces pétrolifères dans des terrains qui lui appartenaient, par ruse ensuite, en sachant les exploiter. Rusé, il l'avait toujours été, et peu scrupuleux aussi. Ces deux qualités alliées à sa chance avaient beaucoup facilité les choses.

Entouré de collaborateurs d'origine allemande, et hambourgeoise de préférence, il s'était livré au cours des deux guerres à un micmac assez trouble qui lui avait valu une mise à l'index du gouvernement américain. Mais Richmond, habile en spéculations, avait su jouer sur les deux tableaux et ne pas rendre sa présence définitivement indésirable.

Responsable de spectaculaires campagnes électorales qu'il avait bien voulu financer et soutenir, il devint *persona grata* pour certains politiciens qui ne devaient qu'à lui leur carrière et assuraient sa position pour consolider la leur.

Mais Richmond restait franc-tireur et ne pouvait résister au plaisir de financer une révolution en Arabie saoudite, ou de vendre des fusils à des communistes grecs. Servant les uns, trahissant les autres, changeant de camp comme un joueur d'échecs qui joue contre lui-même, dans ces volte-face il trouvait son plaisir et sa fortune.

Au demeurant personnage assez solitaire, marié dans sa jeunesse à une jeune compatriote assez fade dont le choix avait sidéré son entourage. Elle avait vécu avec son mari une vie qui la déroutait sans l'intéresser. Maladive et timide, elle aurait préféré sans aucun doute à cette fortune qui la choquait un foyer et des enfants, dont elle eut jusqu'à sa mort la fidèle nostalgie.

Karl Richmond afficha, à son veuvage, le seul chagrin réel qu'on lui connut.

Quarante années s'étaient écoulées depuis lors et il n'avait jamais manifesté l'intention de se remarier.

Dur avec lui-même, et davantage avec les autres, il avait connu Anton Korff au cours d'un séjour en Allemagne en 1934, l'avait engagé comme secrétaire pour la durée de son voyage. Ses qualités exceptionnelles ne lui avaient pas échappé et il l'avait gardé depuis à son service.

Korff, un arriviste, voulait un part du gâteau ; le vieux le savait et encourageait ses ambitions qui transformaient son dévouement en apostolat.

Il serait toujours temps de lui enlever ses illusions à la lecture du testament. Voilà un petit papier bien amusant à rédiger et qui allait faire quelques surprises le jour de sa lecture. Dommage qu'il ne pût être là pour en profiter !

L'argent seul avait corrompu le vieil homme. Il en avait constaté le pouvoir au cours de sa longue carrière. Les hommes réputés intègres ne l'étaient pas pour lui, qui pouvait doubler les mises. Tout s'achetait et la plupart du temps sans y mettre le prix. Il avait eu ce qu'il avait voulu contre des chèques ; les politiciens, n'en parlons pas, les comédiennes, encore moins, mais des généraux, des gouverneurs et ce qui se vendait le mieux sur le marché : des consciences. Là alors, il n'était plus en mesure de faire le détail.

Une seule lui avait résisté, une seule dans toute sa vie, malgré tout son argent : sa femme.

Elle l'avait épousé comme on épouse un pauvre. Ni jolie ni intelligente, mais dévouée corps et âme à sa cause, sans grandiloquence, avec tendresse et fidélité.

Oui, une seule personne au cours d'une si longue vie !

Peut-être aurait-il été un autre homme s'il n'y avait pas eu les autres, mais difficile d'être bon et juste et généreux et mécène alors que les autres se révélaient lâches, prêts à toutes les compromissions, à toutes les trahisons, à toutes les sales besognes.

Prostrés à ses pieds comme devant le dieu argent, ils dénudaient devant lui leur belle âme !

Alors une fois, oh ! il y avait bien longtemps de cela, des années et des années, ce jeune homme, pas encore misanthrope, avait essayé pour s'amuser de voir jusqu'où il pouvait aller ; il avait voulu essayer, juste une fois, pour voir. Il continuait encore devenu vieux et malade, écœuré et incrédule.

Pas tout à fait sa faute s'il était devenu un peu sadique et s'il prenait plaisir au jeu.

Sur sa goélette de trente mètres baptisée *Le Veinard* pour provoquer ceux qui ne l'étaient pas, il sillonnait les mers à longueur d'année, restant souvent plusieurs mois sans jeter un coup d'œil à l'océan qui dansait derrière la double épaisseur des baies.

Parfois, il se faisait hisser sur le pont, et là, emmitouflé dans des plaids, des jumelles autour du cou, il essayait de s'intéresser ; mais l'air trop vif le faisait suffoquer et il ne tardait pas à redescendre.

Par gros temps, on reléguait son fauteuil et on le couchait dans son immense lit, entouré de coussins et de bouillottes. Jamais malade, il en profitait pour réduire en esclavage ceux qui le servaient.

Arrivant de New York, il se rendait à Cannes pour y régler ses affaires européennes et y reprendre son secrétaire.

Après, il mouillerait sur la côte italienne, pousserait peut-être jusqu'en Grèce, par la côte dalmate, pour se retrouver en Floride avant l'hiver.

Il avait hâte d'arriver pour contacter une sommité médicale. Il ne pouvait pas rester perpétuellement avec un mouchoir en tampon sur l'œil.

Et puis, n'importe comment, il fallait faire escale puisqu'il n'avait plus de cigares.

4

Dès que le bateau fut annoncé, Anton Korff décida d'aller seul à bord pour se rendre compte de l'humeur du pacha et voir quelle occasion fortuite permettrait à Hildegarde d'entrer en jeu.

Il lui fallut se débrouiller pour éviter une irruption de la part des journalistes.

Il ne put faire disperser la foule des badauds amoncelée sur le quai pour assister au mouillage.

Assis à l'arrière d'une limousine, attendant la fin des manœuvres, il dut entendre les commentaires de la masse livrée à elle-même. La compétition le laissa rêveur.

Enfin la passerelle fut mise et il fut le premier à monter à bord.

Un des officiers le salua à son passage, mais ne voulant pas s'attarder, il s'engouffra dans le carré et se fit annoncer au patron par un des domestiques attachés uniquement au service de Karl Richmond. Le vieillard devait s'ennuyer car il ne le fit pas attendre.

— Approchez, lui dit-il dès qu'il l'aperçut, et dites-moi en toute franchise ce que vous pensez de ça.

Anton Korff s'avança avec l'apparence du plus vif intérêt et accorda à l'œil malade le minimum de temps que la décence imposait.

— Je vais alerter un professeur, monsieur, vous ne pouvez rester ainsi. Je vais donner des ordres pour qu'on appelle Maurey à sa clinique de Lausanne. Il pourra prendre un avion dans la journée.

— Heureusement, vous voilà ; ces bougres d'ânes m'auraient laissé crever !

— Comment s'est passée la traversée, monsieur ?

— Oh ! bien, bien. Il y a eu paraît-il une tempête. J'ai eu des gens malades.

— Mais vous, comment vous sentez-vous ?

— Cet œil me fait un mal de chien.

— Certainement, mais je voulais dire : à part cela ?

— Trouvez-vous que ce ne soit pas suffisant ? On voit bien que vous n'êtes pas en cause.

— Ce n'est pas ce que je voulais dire.

— Oh ! ça va bien. Où en est l'affaire Bremer ?

— Réglée, monsieur. Définitivement neutralisé, il accepte vos conditions.

— M'avez-vous apporté des cigares ?

— Non, mais je vais donner des ordres.

— Inutile ! Ces ânes-là m'achèteraient n'importe quoi. Je veux que vous les choisissiez vous-même.

— Entendu, vous les aurez tout à l'heure. Que puis-je faire d'autre ?

— Occupez-vous de ce docteur, je veux le voir rapidement, je n'ai pas l'intention de m'attarder à Cannes. Tâchez d'arranger cela et revenez.

Anton Korff laissa ses dossiers pour les signatures, remonta dans la limousine et se fit conduire à son hôtel.

Ne perdant pas une minute, il demanda la communication avec la clinique Maurey à Lausanne. Il parlerait personnellement au professeur. Il venait de trouver le moyen officiel d'introduire Hildegarde dans la place.

Au bout d'un moment, la secrétaire lui dit qu'il avait Lausanne en ligne. Il brancha sa ligne privée et expliqua au docteur ce qu'il attendait de lui...

Une heure après, Hilde entrait dans son bureau.

Il détailla longuement, des pieds à la tête, sa transformation physique radicale. La jeune femme, devant lui, n'était pas spécialement belle avec son visage dur, mais elle avait de la classe, une classe que l'argent ne pouvait acquérir.

— Êtes-vous prête à affronter le fiancé ?

Elle approuva en souriant.

— Je vous préviens qu'il n'est pas très fringant en ce moment, mais cela va nous permettre de justifier votre arrivée. Vous serez sa garde-malade.

— Sa garde-malade ?

— Oui, il a une espèce de tumeur à l'œil qui l'inquiète beaucoup. Demain, le Pr Maurey arrivera de Suisse pour une consultation et, en plus d'un traitement, il recommandera une garde. Nous fouillerons la ville. Cette période de vacances désorganisant tout, nous n'en trouverons pas, bien entendu. Nous le laisserons fulminer un jour ou deux pour vous préparer une entrée de vedette. Vous n'aurez à ce moment-là qu'à paraître pour être le sauveur.

— Je vous arrête tout de suite. Je ne suis pas infirmière.

— Tant mieux. Il n'a pas besoin à proprement parler d'une garde-malade, mais d'une personne susceptible de lui tenir tête.

— Que vient faire alors cette histoire d'œil malade ?

— Le professeur vous laissera des consignes très précises. Faire un pansement est à la portée de tout le monde. Pour le reste, ne vous faites pas d'illusions, il ne se confiera pas à une infirmière. Il lui faudra des sommités médicales, et pour toutes les corvées, il a ses domestiques privés, trop habitué à eux pour se confier à quelqu'un d'autre. Vous serez l'élément décoratif pour les tisanes, les potions et une main fraîche sur le front de temps en temps. Vous me comprenez ?

— Pas du tout. Je ne vois pas pourquoi il déciderait de m'épouser si je fais partie de son personnel.

— Là, à moi d'en juger car il y a un mécanisme très simple pour venir à bout de ce faux dur à cuire. Malheureusement je m'en suis aperçu trop tard pour l'appliquer à mon cas personnel, mais j'ai l'intention de vous faire profiter de cette petite expérience.

— Je vous écoute.

— Faites-le marcher. Voilà le secret. Au premier contact que vous aurez avec lui, il faudra lui tenir tête, ne l'oubliez pas ; ne le laissez prendre aucun avantage sur vous, sans quoi vous êtes flambée.

— Mais si je suis son employée et que je lui résiste, il va me flanquer à la porte ?

— Bien au contraire, il recherche cela depuis des années. Il est prêt à tout sacrifier pour quelqu'un qui conserverait un peu de dignité humaine face à lui. Les autres le supportent parce que les bénéfices qu'ils en tirent étouffent leurs scrupules. Ne soyez pas de cette race-là. Il va vous ignorer et commencer à vous insulter. Ne le laissez pas faire et vous gagnerez la partie.

— Pensez-vous que ce soit suffisant pour qu'il tombe amoureux de moi ?

— L'amour n'a rien à faire dans cette histoire. Il va se prendre à votre jeu et vous épouser parce qu'il n'aura pas d'autre moyen de vous soumettre.

Il essayera naturellement de vous acheter ; plus vous résisterez, plus vous prendrez de valeur à ses yeux et surtout, quand il vous proposera le mariage, ne tombez pas là-dessus comme sur la réalisation de vos rêves. Un rôle en or, mademoiselle Maëner.

— Un vrai prince charmant, à ce que je vois ?

— Non, un magnat, beaucoup mieux.

— Dois-je acheter un uniforme ?

— Si vous voulez, cela le mettra en confiance, mais n'accusez pas trop le côté nurse, il lui serait difficile de vous imaginer autrement.

— J'ai compris.

— Ne le décevez pas et méfiez-vous de lui car il est malin. Dès que vous l'aurez accroché, vous serez le centre de ses pensées.

— Il sera aussi le centre des miennes, ne vous inquiétez pas.

— Je pense que nous nous sommes dit l'essentiel. Il veut reprendre la mer rapidement, nous ne resterons donc pas à Cannes. Nous nous verrons sans cesse sur le bateau et je vous tiendrai au courant de votre cote. Bonne chance, mademoiselle Maëner.

Elle se leva et ils se serrèrent la main. Leur association allait devenir effective.

Le Pr Maurey, bon docteur de quartier mais homme d'affaires remarquable, avait rapidement compris que les milliardaires représentaient une manne céleste et qu'ils endosseraient toutes les névroses pour qu'on s'intéressât à eux. Le professeur n'avait donc que des cas exceptionnels pour des gens médiocres.

Il avait ouvert une clinique scandaleusement chère et luxueuse où le gotha des économiquement forts venait tuer le temps en attendant qu'il se vengeât.

Appelé régulièrement en consultation aux quatre coins de l'Europe, il garantissait, moyennant des honoraires extraordinaires, une maladie exceptionnelle.

Présentant beau, parlant peu, sauf dans un jargon médical que personne ne comprenait, il impressionnait favorablement ses clients qui ne juraient que par lui et se chargeaient entre eux de sa publicité.

Il arriva par avion à Cannes où l'attendait Anton Korff, avec qui il s'était lié d'une étrange amitié. Ce dernier n'était pas dupe de la personnalité du docteur et celui-ci le savait. D'autre part, le secrétaire ne représentait pour lui qu'un arriviste installé dans un fromage.

Cette mutuelle lucidité leur évitait toute comédie dans leur rapport et ils se retrouvaient toujours avec plaisir.

— Qu'a-t-il aujourd'hui ? demanda le spécialiste tandis que la voiture les emmenait au bassin des yachts.

— Mal à un œil ; on dirait de la conjonctivite.

— Et vous, que devenez-vous ?

— Toujours pareil ; nous allons bientôt reprendre la mer. Cela ne m'emballe pas tellement.

— Voulez-vous que je le mette en observation ?

— Non, inutile. Je compte emporter de la distraction.

Le masque de dignité de la sommité médicale fit place à un air jovialement égrillard.

— La garde-malade ?

Anton Korff se mit à rire.

— La garde-malade, oui.

— Jolie ?

— Je n'en sais rien, je ne la connais pas, mais sa présence devient nécessaire, il y a trop d'hommes sur ce bateau.

— Ah ! ah !

— Non, pas à ce point-là, mais enfin, les journées sont longues et je ne suis plus tellement jeune.

— Ne la surchargez pas de travail.

Et ils se mirent tous deux à rire, ravis de pouvoir échanger des plaisanteries aussi stupides.

La consultation dura une bonne heure, délai raisonnable puisqu'il déjeunait à bord et que son avion décollait en début d'après-midi.

Anton Korff fut chargé de trouver une garde-malade et l'infirme n'ennuya personne, enfermé dans sa cabine et soigné par ses Jamaïcains en attendant l'arrivée d'une personne compétente.

Deux jours passèrent sans qu'il se présentât de garde. Le vieillard écumait et le personnel se terrait, attendant que passât l'orage.

Il décida d'aller mouiller à Nice dans l'espoir d'y trouver quelqu'un. Alors, comme par miracle, surgit celle que tout le monde attendait.

Hildegarde franchit la passerelle de coupée et tous les hommes la dévisagèrent. Élégante et sûre d'elle, s'adressant à l'officier en second, elle lui dit que le syndicat d'initiative l'avait recommandée à Anton Korff. Ce nom lui servit de laissez-passer et elle fut conduite immédiatement auprès du malade.

Richmond renvoya ses domestiques, se précipita sur elle de toute la force de son fauteuil roulant et lui demanda si elle n'était pas un peu folle de le faire attendre deux jours alors qu'il souffrait le martyre.

Droite et impassible, Hilde le dévisagea, ôta ses gants, les plia, les posa sur son sac et dit posément :

— Je suis au chômage cinq mois de l'année, mais l'été, il y a sept fois plus de monde sur la côte et moi j'ai sept fois plus de travail ; alors je choisis mes malades. Si vous êtes aussi odieux que vous le paraissez, dites-le, j'ai d'autres projets.

Karl Richmond, d'étonnement, en laissa tomber la serviette qu'il tenait en boule sur son œil.

— Pourquoi n'êtes-vous pas venue plus tôt ?

— Parce que j'assistais une jeune accouchée. Je suis allée ce matin au syndicat d'initiative qui m'a remis une liste de noms demandant des gardes. Vous étiez inscrit en tête de liste.

— Savez-vous qui je suis ?

— Karl Richmond, bien sûr, voyez ma liste.

— Savez-vous que je suis milliardaire ?

— Et alors ?

— Plus intéressant pour vous de me soigner que de vous occuper d'une rentière.

— Vraiment ! Je suis payée au tarif syndical. L'avantage social, vous en bénéficiez, pas moi.

— Mais, petite hypocrite, vous savez pertinemment que je vous paierai dix fois ce que vous paieront les autres.

— Certainement pas, monsieur Richmond.

— Honnête, peut-être ?

— Non, prévoyante, sans plus. Je ne veux pas vous donner ce petit avantage sur moi pour que vous vous croyiez autorisé à me faire tourner en bourrique. Vous me paierez comme les autres et vous serez correct, comme les autres, sinon je reprends ma liste. Sommes-nous bien d'accord, monsieur Richmond ?

Le vieillard la regarda d'un air dubitatif.

— Drôle de fille, marmonna-t-il en faisant pivoter son fauteuil pour s'éloigner d'elle. Eh bien, maintenant que vous voilà, occupez-vous de moi.

— Bien entendu ! Quelles sont les instructions ?

— Mon secrétaire vous expliquera. Vous avez un nom ou on vous siffle ?

— On siffle assez souvent sur mon passage ; mais je m'appelle Hildegarde Maëner.

— Compatriote ?

— Allemande, de Hambourg.

— Ça me plaît, nous parlerons allemand.

— Si vous voulez.

— Qu'est-ce que vous fichez en France ?

— Et vous ?

Il la regarda. La colère l'empourpra, puis Hilde se mit à sourire, alors, un peu à contrecœur, il en fit autant.

— Avez-vous besoin de moi ou puis-je aller dans ma cabine défaire mes bagages ?

— Vous avez bien le temps, restez avec moi.

Et, tourné vers la baie, il lui demanda tandis qu'il ne cessait de l'observer dans le reflet de la vitre :

— Parlez-moi de Hambourg. Je n'y suis pas retourné depuis 1934, mais parlez-moi en allemand, je vous prie.

Hildegarde, étonnée, se dit qu'il serait facile à manœuvrer puisqu'il était sentimental.

5

Quelques heures plus tard, accoudée au bastingage aux côtés d'Anton Korff, elle lui faisait part de ses impressions.

Le port de Cannes s'éloignait doucement dans la nuit.

— Vous vous êtes bien débrouillée. Il m'a parlé de vous.

— Que vous a-t-il dit ?

— Oh ! rien de spécial, ne vous grisez pas. Vous restez encore en observation ; mais le premier contact est bon puisque vous êtes encore là. À propos, j'espère que vous n'avez pas le mal de mer ?

— Je ne pense pas, pourquoi ?

— Il serait assez contrariant que vous restiez enfermée dans votre cabine. Nous faisons rarement escale et elles sont toujours de courte durée. Je vous ai apporté des pilules. Prenez-en plusieurs fois par jour à titre préventif.

Hildegarde le regarda en souriant.

— Vous êtes l'homme des détails, décidément !

— Empêchez-le de fumer. Ce sera sans doute assez difficile, mais le Pr Maurey y tient particulièrement. N'oubliez pas, en jouant aux échecs, de le laisser gagner, pas systématiquement, il s'en apercevrait, mais assez souvent tout de même.

— Je le crois facile à manœuvrer ; au fond, il demeure un vieil enfant sentimental.

— Ne vous fiez pas trop à cette première impression.

— Savez-vous que j'ai dû lui parler de Hambourg pendant une heure, lui raconter la ville, lui donner une foule de détails ?

— Je vous interromps tout de suite car vous faites fausse route si vous pensez qu'il vous a écoutée par sentimentalité. Il vérifiait vos origines, sans plus.

— Qui vous l'a dit ?

— Lui.

Hildegarde contempla la mer pendant un moment et constata :

— Peut-être que je le préfère ainsi.

Puis la vie, lentement, s'organisa. Hildegarde, qui n'avait jamais mis les pieds sur un bateau, trouva ce nouveau rythme de vie passionnant. Ce grand palace flottant la ravissait, et aussi sa cabine, chef-d'œuvre de confort et de bon goût. Levée tôt le matin, elle arpentait le pont, prenait son petit déjeuner au carré des officiers et allait se bronzer au soleil sur la plage arrière. Un peu avant midi, elle retournait à sa cabine passer une robe pour se présenter à Karl Richmond, qui venait tout juste de se lever. Elle lui changeait son pansement et bavardait avec lui en lui faisant les mains.

Il lui avait demandé de s'en charger, bien qu'elle n'eût pas de compétence particulière. Il utilisait ce prétexte pour la garder près de lui sans avouer qu'il y prenait plaisir.

Ce matin-là, tandis que ses mains trempaient dans le bol d'eau savonneuse, il lui dit d'un ton mielleux :

— Savez-vous ce que vous allez faire, ma petite mignonne ?

— ...

— Vous allez me confier pour quelques minutes la clé que vous avez cachée dans votre poche.

— Qu'avez-vous l'intention d'en faire ?

Il fit un drôle de petit bruit qu'elle traduisit par un rire.

— Il faut que je prenne un objet dans le secrétaire.

— Un cigare, sans doute ?

— Trop curieuse, ma mie ! Écoutez, je vous propose un échange : vous me donnez la clé et moi je vous donne un beau billet de 100 dollars tout neuf.

— Vous savez très bien que le docteur vous a interdit de fumer.

— Je n'ai pas dit que j'allais prendre un cigare.

— Vous ne l'avez pas dit, mais vous allez le faire.

— Réfléchissez, ma petite mignonne. Ce secret restera entre nous. Contre cette clé dont vous ne pouvez rien faire, je vous donne un beau billet de 100 dollars dont vous pourrez faire tout ce que vous voudrez.

— Inutile, monsieur Richmond, vous perdez votre temps.

Alors le vieillard explosa.

— Bougre d'idiote ! Réfléchissez. Si vous ne me la donnez pas de bonne grâce, j'appelle un des domestiques et je lui fais défoncer le secrétaire. Moi, j'aurai la boîte de cigares et vous, vous n'aurez pas un liard.

— Si vous voulez.

— Vous acceptez ?

— Je refuse de vous donner la clé, mais appelez un steward, faites-lui défoncer le meuble, prenez un cigare, fumez-le. Vous serez malade et moi je serai tranquille.

— Ne vous emballez pas. On peut s'arranger autrement. Peu délicat de ma part de vous proposer de l'argent, je le reconnais. Il y a bien mieux à faire avec une belle jeune femme comme vous.

D'un geste brusque, il fit pivoter son fauteuil et roula vers le petit salon. Il y ouvrit un placard, en sortit une grande boîte, la posa sur ses genoux et revint vers Hildegarde qui le regardait sans bouger.

Avec des gestes de conspirateur, il ouvrit son gilet, déboutonna sa chemise et en extirpa une clé qui pendait au bout d'une longue chaîne, l'introduisit dans la serrure, fit jouer le mécanisme et souleva le couvercle, surveillant la jeune femme du coin de l'œil.

Dans la boîte capitonnée de velours pelucheux, s'entassaient pêle-mêle des bracelets, des bagues, des pendentifs, en or, en platine, sertis de pierres précieuses.

Tout un trésor d'Ali-Baba posé sur les genoux du vieil homme. Pour rendre le tableau plus conventionnel, il y plongea ses mains déformées par les rhumatismes et fit étinceler les joyaux.

— Choisissez, ma mignonne.

Hilde, fascinée, regardait toutes ces merveilles.

— Qu'est-ce qui vous ferait plaisir ? Une bague, un bracelet, un clip ?

Et, avant qu'elle n'ait pu répondre, il brandissait un gros rubis carré monté sur griffes.

— Tenez, prenez-le, je vous le donne.

Hilde le tint un moment entre ses doigts, faisant instinctivement danser ses feux dans la lumière.

— Quelle merveilleuse pierre, dit-elle dans un souffle.

— Je l'ai rapportée de Ceylan, on y trouve les plus belles gemmes.

Elle releva la tête et croisa son regard. Alors, doucement, elle reposa la bague dans le coffret et dit en souriant :

— Je ne pensais pas que vous aimiez fumer à ce point-là, désolée.

D'un geste brusque de la main, il fit claquer le couvercle, fourgonna un instant avant de réussir à introduire sa clé dans la serrure, la ferma, puis fit couler la clé entre sa poitrine et sa chemise, reboutonna son gilet et, d'un air dépité, apostropha Hilde.

— Vous vous souvenez, j'espère, que vous êtes à mon service.

— Vous me laissez assez peu l'occasion de l'oublier.

— Eh bien, je vous ordonne, entendez-vous, d'aller me chercher des cigares.

— Cette comédie devient absurde, monsieur Richmond. Vous m'avez engagée, mais j'ai reçu mes ordres du Pr Maurey et je les respecte, uniquement dans votre intérêt.

— Je ne vous paye pas pour raisonner, mais pour obéir ! Donnez-moi cette clé !

— Non, désolée.

— Vous refusez ?

— Évidemment !

— Foutez le camp ! Je ne veux plus vous voir. Je ne veux plus entendre parler de vous. Je vous chasse !

Hilde, un peu éberluée du ridicule de cette scène, hésitait à se lever.

— Allez-vous déguerpir, maudite femelle !

— Je vous signale que nous sommes en mer. Dois-je partir à la nage ?

— Foutez le camp !

— Vous ne devriez pas vous mettre en colère, monsieur Richmond, à votre âge les années comptent double.

Mais la pudeur empêcha Hilde de se souvenir de sa réponse.

La disgrâge dura jusqu'au lendemain. Karl Richmond, enfermé dans sa cabine, ne la fit pas appeler. Ses Jamaïcains assurèrent le service et pas question de leur demander leurs impressions. Le vieil homme avait l'air lunatique, peut-être pas malin de se faire prendre en grippe dès le début !

Elle le revit à un dîner où il les convia tous à sa table, tous : Anton Korff, le commandant, l'officier en second et elle-même.

Il arborait ce soir-là un sourire malicieux et son œil sans pansement les dévisageait les uns après les autres avec une joyeuse ironie.

Le dîner fut raffiné, les vins, rares, l'atmosphère, toujours un peu fausse. Chacun se tenait sur ses gardes et se demandait quelle lubie couvait le vieil excentrique.

La conversation roula sur le voyage et les plages à la mode, sujet d'une reposante neutralité. Anton Korff en faisait les frais avec l'officier en second, heureuse nature assez peu perméable aux ambiances.

À la fin du repas, Hildegarde comprit l'attitude du vieillard. Comme on apportait le café et les alcools, il sortit de sa poche un cigare, en coupa le bout d'un coup de dent, le cracha devant lui sans quitter la jeune femme des yeux et lui dit en l'allumant :

— Vous aviez raison de refuser, ma chère enfant. Il m'a coûté beaucoup moins cher que si je l'avais obtenu de vous.

Et, en disant cela, il sortit un étui de crocodile et le lui montra. Une dizaine de havanes la narguaient. Elle ne répondit pas et prit une cigarette que lui tendait le capitaine.

— Eh bien, mademoiselle Maëner, ne regrettez-vous pas votre intégrité d'hier ?

Elle l'observa en souriant, rejeta par les narines un long jet de fumée et lui dit sans élever la voix :

— Savez-vous, monsieur Richmond, pourquoi le Pr Maurey m'a fait promettre de ne pas vous laisser fumer ?

Elle attendit une seconde une réponse qui ne vint pas et enchaîna :

— Il m'a dit textuellement : « Un cigare pour un homme de son âge équivaut à un mois de vie. » Pour ma part, je trouve courageux que vous dilapidiez un aussi petit capital.

Il y eut un silence qui les figea tous. Anton Korff piqua du nez dans son assiette pour que nul ne vît la lueur amusée de son regard. Les deux officiers, mal à l'aise, s'absorbèrent dans leur café ; seule Hildegarde regardait le vieillard en souriant, mais lui ne cessait de la fixer. La fumée de son cigare montait doucement, formant écran, mais sa victoire déjà ne l'amusait plus. Par bravade pourtant, il en tira une longue bouffée.

— Un mois, murmura Hildegarde, soit trente jours plus trente nuits, au total, combien d'heures ?

Le poing de Karl Richmond s'abattit sur la table, faisant tinter les cristaux. Une goutte de vin rouge tomba sur la nappe brodée.

— Pécore ! ragea-t-il. Sale petite pécore !

— Mais jeune, monsieur Richmond, si jeune encore !

Et en souriant, calmement, elle se leva et quitta la table. Les autres, impassibles, ne tournèrent pas la tête pour la voir sortir.

La porte refermée, elle prit conscience du tremblement qui la parcourait. Le côté affreux de la scène lui revint. N'avait-elle pas été trop loin ? Il y avait peu de temps qu'elle se trouvait dans la place. N'avait-elle pas compromis ses chances en jouant si serré dès le départ ?

Appuyée au bastingage, elle attendait que se calmât son remous intérieur. Elle n'entendit pas arriver le capitaine. Seul le son de sa voix la fit sursauter.

— Vous jouez un jeu dangereux, mademoiselle.

Elle esquissa un sourire, ne sachant trop quoi répondre.

— Méfiez-vous, si toutefois vous me permettez de vous donner un conseil. Le vieux n'aime pas beaucoup se faire moucher en public.

Puis, sans attendre de réponse, il s'éloigna. Sa silhouette, bientôt, s'estompa dans la nuit. Ses pas résonnèrent sur le pont de teck. Nerveusement, elle tira sur sa cigarette. Des bruits vagues montaient du carré. Les Jamaïcains devaient desservir. L'incident déjà devait être commenté dans les cuisines et son attitude, critiquée. Autant tous devaient être soulagés que le vieux eût trouvé quelqu'un pour lui tenir tête, autant ce quelqu'un devait rapidement devenir sujet à caution. L'attitude du capitaine le prouvait. Les hommes, surtout les lâches, n'aiment pas les héros.

Hildegarde hésitait sur la position à prendre et ne comprenait pas pourquoi Anton Korff ne venait pas la rejoindre.

La mer bruissait doucement dans l'air léger et la nuit tendre, et la jeune femme, tout à coup, se demanda ce qu'elle faisait sur ce bateau.

Si peu de jours la séparaient de son monde clos et condamné.

Alors, le triste immeuble de Hambourg surgit soudain du fond de sa mémoire et, avant lui, toute l'époque qui l'avait précédé, celle des bombardements, celle qui avait à tout jamais marqué sa vie de femme ; la présence de rats dans le chaos des rues défoncées, l'habitude de la peur, de la faim, du froid, de la solitude. L'incroyable survie des petites manies à heures fixes telles que le sommeil sous une couverture pelée, les repas dans une boîte de conserve défoncée, les heures de marche à la recherche d'un abri, d'un kilo de pommes de terre, d'un fagot de bois sec. Dans un immeuble dont il ne restait que les charpentes, au milieu des traverses de fer tordu par le feu, des gravats, des canalisations crevées, des fenêtres béantes, elle avait vécu son roman d'amour.

L'homme, soldat d'une armée en déroute, fatigué, affamé, ne sachant plus la raison de son uniforme en loques, ni le pourquoi de son isolement, le fusil et la musette en bandoulière, tête nue avec ses cheveux de lin poudrés de poussière, lui apparut soudain dans son coin de ruines en faisant dégringoler des éboulis sous ses pieds.

Hilde avait partagé avec lui l'espèce de gamelle qu'elle faisait réchauffer sur un feu de fortune.

Le garçon avait mangé voracement en silence et après, parce qu'ils pouvaient mourir d'une minute à l'autre, que rien ne les reliait à leur passé, qu'il ne semblait pas qu'ils puissent avoir d'avenir, ils avaient fait l'amour en plein vent sur cet amas de pierres. Ils avaient échangé le meilleur d'eux-mêmes, leur jeunesse, leur sensualité, leur tendresse, leur douceur. Tout ce qui restait de vivant, de jeune et de fort, ils se l'étaient donné pour que quelqu'un au moins en profitât et que leur mort ne fût pas tout à fait inutile. Et cela avait duré toute une nuit, rien qu'une nuit. Au matin il était parti alors qu'elle dormait.

Telle fut leur part. La vie n'avait pas pu leur donner davantage, elle devait réserver ses trésors aux êtres déjà riches, jeunes, insouciants, comblés, inconscients et exigeants. Ceux-là empocheraient comme des seigneurs, sans merci, ni doigts croisés sous la table par fétichisme pour faire durer la chance, ils gaspilleraient sans compter et auraient bien raison. Eux et elle n'appartenaient pas à la même race.

La mer bruissait doucement dans l'air léger et la nuit tendre, et la jeune femme tout à coup eut l'impression d'avoir cent ans…

Un matelot s'approcha, salua d'un doigt à son calot et lui annonça que Karl Richmond la demandait pour une partie d'échecs.

Alors, tout à coup, elle fut dans le présent et décida que le vieillard gagnerait cette partie. Il devenait prudent de lui rendre quelques points.

Hildegarde suivit le garçon.

Mais cette partie d'échecs-là ne fut qu'un jeu. Celle qu'ils poursuivaient dans la vie se révélait autrement passionnante et chaque jour les laissait à tour de rôle sur des avantages relatifs.

Parce que Hildegarde aima Portofino, ils y restèrent deux jours. Pendant qu'elle descendait à terre le vieillard se coucha et condamna sa porte.

Anton Korff dut constater son triomphe.

— Élève très douée, lui dit-il, tandis qu'ils prenaient le thé sur la terrasse d'une auberge face à la mer.

— Je suis vos leçons.

— Mieux, vous avez de l'initiative, du mordant. Je vous avais sous-estimée. Je vous crois maintenant capable de mener à bien cette affaire.

— Je préfère qu'il ne soit pas inoffensif. Il m'aurait été pénible d'abuser de sa confiance.

— Mais vous l'auriez fait quand même ?

— À vrai dire, je ne sais pas. Son attitude crée la compétition et me fait prendre goût au jeu.

— Que ferez-vous une fois que vous aurez l'argent ?

Hildegarde, les yeux dans la vague, haussa les épaules.

— Je ne sais pas. Je suppose que je devrai déjà me déshabituer de compter. Il me semble que la fortune supprime les questions secondaires. Et vous, que ferez-vous ?

— Ma chère, n'oubliez pas que ma fortune ne sera pas en rapport de la vôtre. D'autre part j'ai soixante-deux ans et si mes ambitions sont plus modestes, elles n'en sont que plus précises.

— Racontez-moi !

— Certainement pas !

— Que m'importe, après tout ? Je suis presque heureuse ainsi. J'aime la vie que nous menons, le bateau me plaît, le fiancé m'amuse ; le jeu me passionne. Qu'aurais-je de plus après ?

— Votre ton a déjà bien changé. Vous souvenez-vous du jour où vous êtes venue dans mon bureau ?

Hilde se mit à rire.

— Je vous prenais pour le fiancé. J'avais alors l'impression d'avoir gagné à la loterie.

— Indulgent de votre part !

— Ce qui prouve ma candeur. Vous, vous ne vous seriez jamais adressé à un journal pour trouver une femme.

— En effet, surtout pour l'usage que j'en fais. Elles n'entrent dans ma vie qu'à titre d'hygiène ; la brosse à dents, comprenez-vous ? Indispensable d'en changer souvent.

— N'en avez-vous jamais rencontré une qui vaille mieux que les autres ?

— Si, une putain. Ce sont des maîtresses idéales en général et celle-là en particulier. J'ai toujours eu un faible pour les femmes que l'on paye, en argent s'entend, car vous les payez toujours, surtout si vous les épousez, et elles perdent alors tous les dons qui les rendaient attractives pour se transformer en mère de famille, en cuisinière ou au virago, rarement en compagne de plaisir.

— Et moi, n'avez-vous jamais eu envie de moi ?

Anton Korff la regarda, surpris et amusé, puis répondit après un moment :

— Étant femme, vous avez essentiellement envie de ce que vous ne pouvez avoir.

— Je ne parle pas de mes réactions, mais des vôtres. N'avez-vous jamais eu envie de moi ?

— Je n'ai pas eu à me poser la question.

Et après un silence, il ajouta :

— Et vous, vous l'êtes-vous posée ?

— Oui.

— Alors ?

Leurs yeux ne se quittaient pas. Pendant une seconde, une complicité trouble s'établit entre eux et d'une voix basse Hildegarde répondit :

— Cela ne m'aurait pas déplu… peut-être…

Ses yeux à lui la détaillèrent, la déshabillant lentement, mais presque tout de suite leur expression changea et, d'une voix calme et normale, il dit, sans la regarder :

— Je ne doute pas que nous eussions passé ensemble quelques heures agréables, mais ce que nous réserve l'avenir est tellement plus excitant !

— Vous êtes seul, que vaut la fortune contre la solitude ?

— Non, pas seul, je vous ai, ma chère fille.

— Mais ni vous ni moi n'avons l'amour…
— Je vous estime infiniment plus précieuse qu'une maîtresse. Je suis désormais votre père, ne l'oubliez pas.
Là se borna leur entretien.

6

Karl Richmond, après sa délicate attention de Portofino, crut bon de se montrer odieux pendant plusieurs jours. Hildegarde l'évita le plus possible, mais l'incident éclata alors qu'ils mouillaient en Sicile.

Tout commença par une stupide histoire de poulet.

La jeune femme, tout naturellement, présidait aux distractions et à l'élaboration des menus. Connaissant les goûts culinaires du vieillard, elle les flattait avec tact et recherche. Comme il ne pouvait manger que fort peu à cause de son estomac délabré, son exigence naturelle appréciait fort les initiatives de Hildegarde.

Un jour donc, malgré l'aversion de Karl Richmond, elle commanda des poulets aux morilles dont elle raffolait, prenant soin de lui faire exécuter un plat de poisson qu'il aimait particulièrement.

La moitié du déjeuner se passa normalement jusqu'au moment où le maître d'hôtel apporta les fameux poulets.

La stupeur du vieillard fit rapidement place à l'une de ces colères qu'il ne savait pas maîtriser et dont la disproportion avec l'incident était grotesque. L'empire que Hildegarde avait pris sur sa vie lui sembla une atteinte à sa liberté et le fait qu'elle outrepassât ses goûts en le narguant à sa propre table lui sembla inadmissible.

Il sonna un des domestiques tandis que les convives commençaient à se servir. Décomposé, il ne quittait pas la jeune femme des yeux. Évitant de le regarder, elle tendait toute sa volonté pour dompter le tremblement de ses mains.

Le Jamaïcain entra.

— Débarrassez, dit-il d'une voix atone.

Les officiers de bord et Anton Korff, un peu éberlués, laissèrent le domestique desservir.

Hildegarde ne leva pas le visage quand l'homme de couleur approcha une main gantée de son assiette. On entendit seulement sa voix basse, mais étrangement vibrante, demander un peu de sauce. Dans le silence total, le Jamaïcain, indécis, se tourna vers son patron, attendant les directives.

— Je déteste le poulet, mademoiselle Maëner, et vous le savez. Je ne peux tolérer qu'on en mange à ma table malgré ma répulsion.

Alors Hildegarde le regarda.

— Ne vous êtes-vous jamais demandé s'il nous plaisait de vous voir manger, de vous entendre manger, de supporter vos stupides aversions culinaires ? Je vous ai fait préparer un poisson que vous aimez, goûtez-le, nous goûterons notre poulet, mais ne rendez pas grotesque cet incident.

Mais un calme annonciateur de tempête l'empêcha de continuer.

Ils s'affrontèrent du regard et la jeune femme comprit qu'elle avait été trop loin et que sa situation frôlait la faillite.

Pendant un instant, ils furent tous immobiles comme pour un tableau vivant, puis Karl Richmond passa du blanc terreux au rouge magenta et la colère le fit s'égosiller.

— Ah ! je vous dégoûte. Ah ! vous ne pouvez supporter de me voir manger. Je fais du bruit et cela vous gêne. Eh bien, ma jolie, je vais vous donner un souvenir de Karl Richmond. Regardez et profitez-en.

Il saisit l'aiguière de vin rouge et la lança à toute volée contre la paroi tribord où le cristal éclata, ensanglantant le damas précieux.

Avant que personne n'ait pu le retenir, il saisit les assiettes et les précipita au hasard, les verres suivirent, puis les couverts. Le Jamaïcain, terrorisé, se mit à l'abri derrière le fauteuil roulant.

Anton Korff se leva à demi, mais le vieillard ne le vit pas. Tout à sa rage, il saisissait tout ce qui tombait à sa portée et le fracassait sur les meubles en bois des îles.

— Sale petite femelle ! Vous pensiez faire la loi chez moi. Personne, entendez-vous, personne ne peut se permettre de me narguer et quand j'interdis une chose, j'entends que mes ordres soient respectés, par vous comme par les autres. À mon service, ici, tous, tant que vous êtes. Je vous paye pour m'obéir ! J'ai l'argent ! Je décide ! Je suis le maître, vous, des laquais à mon service. Je ne tolérerai pas qu'un de vous l'oublie ! Et s'il me plaît de roter à table, je vous paye assez cher pour le supporter en souriant et je peux faire pire, mademoiselle Maëner, et vous encaisserez comme les autres, compris ?

Mais Hildegarde, qui frisait la crise de nerfs, se leva de table et sortit, malgré l'ordre de se rasseoir que proférait Karl Richmond d'une voix enrouée de colère.

Sur le pont, l'air doux et le silence lui firent du bien. Elle respira à longues bouffées avides, essayant de retrouver son calme. Le tremblement qui l'agitait ne diminuait pourtant pas. Dans une sorte d'hypnose, elle gagna sa cabine, enfouit pêle-mêle quelques vêtements dans une mallette, prit son sac et remonta sur le pont. La passerelle était mise. Ne réfléchissant pas, n'obéissant qu'à son seul instinct, elle s'y dirigea. Un des officiers la croisa, la dévisagea avec curiosité mais ne lui adressa pas la parole. Il lui sembla qu'il avait l'air narquois et satisfait. Elle se tint à la rambarde chromée et fit attention de ne pas accrocher ses talons hauts à l'échelle de coupée.

Sur le quai, l'éclat du soleil l'éblouit. Elle traversa la place où dormaient des chiens et se dirigea vers un café installé sous des palmiers. Une radio beuglait une chanson tendre. Elle entra dans la salle fraîche, buta contre une caisse de Coca-Cola et découvrit les patrons en train de déjeuner dans une arrière-salle. Elle s'approcha de l'homme en maillot de corps et lui demanda où elle pourrait trouver un taxi. La femme, volubile, se mit à discuter en italien. L'homme, tout en détaillant Hildegarde, mangeait son fromage sur le bord de son assiette où gisait une arête de merlan. Un grand saladier plein de laitue trônait sur la nappe de nylon.

Hilde changea sa valise de main. Enfin, la femme se tut. L'homme se leva, plia son couteau, le mit dans sa poche, s'essuya les mains à son pantalon et lui dit en anglais avec un très fort accent qu'il voulait bien se charger de la conduire lui-même.

Ils ressortirent dans le calme de la place endormie pour la sieste. Tous deux, instinctivement, jetèrent un coup d'œil au yacht qui semblait emplir toute la baie et écrasait les bateaux de pêche par sa taille et son luxe. Aucune vie ne se manifestait à bord.

Ils contournèrent le café et s'engagèrent dans une ruelle. L'homme marchait devant, sans bruit avec ses espadrilles, se curant doucement les dents, l'esprit ailleurs. Il ouvrit la porte d'un hangar. Une vieille camionnette y était garée. Deux vélos appuyés au mur empêchaient Hildegarde d'entrer. L'homme lui fit signe d'attendre dehors. Bientôt elle entendit le ronronnement du moteur et la voiture recula. Des caisses vides encombraient l'arrière. L'homme ouvrit la portière et elle monta à côté de lui. Il prit sa mallette et la mit derrière, puis il embraya et un nuage de poussière monta de la route.

Tout en conduisant, l'homme lui jetait de furtifs regards. Il cherchait un biais pour engager la conversation. Hildegarde ne l'aida pas.

Un chien, paresseusement, obéit au coup de klaxon et dégagea la route. L'homme la conduisit au seul hôtel dominant la baie. Hilde fouilla dans son sac et en ressortit une coupure. Il l'enfouit dans sa poche sans dire un mot, lui tendit sa valise et démarra.

La sieste avait endormi les grooms. Personne ne vint à sa rencontre. Elle dut se tordre les chevilles sur les graviers pour gagner la réception. Elle appuya sur le timbre d'appel qui déclencha une grêle sonnerie dans le hall désert où des palmiers se fanaient dans des caisses.

Au bout d'un moment, un employé, le visage bouffi de sommeil, parut, reboutonnant sa livrée.

Ils échangèrent quelques mots et il précéda la jeune femme sur un grand escalier de marbre. Ils enfilèrent un long couloir avant d'arriver à une grande chambre dont il ouvrit les volets.

Une jolie terrasse surplombait la baie où *Le Veinard* oscillait doucement sur ses aussières.

Restée seule, Hildegarde ôta ses chaussures, quitta sa jupe de tailleur et, pieds nus, en combinaison, alluma une cigarette et s'étendit sur le lit.

La chaleur envahit immédiatement la pièce ainsi que le craquement incessant des cigales. Les palmiers croisaient leurs épées dans la douceur du vent. Elle ferma les yeux et se rendit compte enfin du pétrin dans lequel elle venait de se mettre.

À bord, Karl Richmond, après son éclat, se fit transporter dans sa cabine où il se fit servir le déjeuner prévu par la jeune femme.

Ses accès de colère le laissaient sans rancune, affamé et généralement heureux de vivre. Content une fois de plus de cette petite scène qui lui avait permis d'avoir le dernier mot. Il mangea de fort bon appétit tandis que le personnel se demandait comment les choses allaient tourner. Anton Korff cachait difficilement sa contrariété. L'esclandre de sa pupille le tracassait. Elle avait cette fois visiblement dépassé les bornes, et cette fuite de midinette serait dure à réparer. Son prestige ne lui permettait pas de faire un retour d'enfant prodigue, et Karl Richmond ne semblait pas disposé à la rechercher lui-même. Il n'y avait qu'une solution qui consistait à ce que lui, Anton Korff, la retrouvât avant que le vieillard n'apprît sa disparition.

Sans enthousiasme, il emprunta à son tour la passerelle et s'adressa au seul café qui occupait la place. Il eut affaire au patron philosophe qui le déposa à l'hôtel où il avait mené Hildegarde un peu plus tôt.

Le réceptionniste le fit conduire à la chambre de la jeune femme, qui s'enroula dans le drap pour masquer sa nudité et s'assit sur son lit pour le recevoir.

Anton Korff, impeccable, l'œillet à la boutonnière, le panama sur les genoux, l'observait d'un air ennuyé.

— Je crois, ma chère, que vous avez fait une gaffe assez dangereuse.

Elle ne répondit pas et alluma une cigarette à son mégot avant de l'écraser dans le tiroir de la table de nuit.

— Karl Richmond ne s'est pas encore aperçu de votre absence ; rentrons à bord avant que les choses ne se gâtent. Je me charge du silence du personnel. Faites-moi le plaisir de répondre.

— Je n'ai pas l'intention de retourner à bord.

— Oh ! Je vois...

Et Anton Korff ne fit aucun commentaire.

Un long silence s'établit entre eux. Hildegarde ne pouvait détacher son regard de la baie. Elle ne tourna pas la tête quand son compagnon se servit du téléphone pour demander qu'on leur monte des whiskies. Il revint s'asseoir dans le fauteuil et tous deux attendirent l'arrivée du garçon d'étage. Ce petit intermède prit quelque temps et, tout de suite après son départ, Anton Korff entra dans le vif du sujet.

— Je tiens à attirer votre attention sur le ridicule où vous allez vous mettre en demeurant à l'étranger, sans argent, sans passeport et sans carte de travail. Je suppose que vous avez envisagé d'intéressantes solutions ?

— Vous avez raison, mais je ne peux pas revenir à bord après ce qui s'est passé.

— Par orgueil ou par tactique ?

— Que voulez-vous dire ?

— Si c'est une attitude, bravo ! J'y souscris entièrement. Exposez-la-moi et mon appui vous sera acquis. Je vous écoute. Vous ne répondez pas, donc pas une tactique, mais un point de caractère, de mauvais caractère. Exact ?

— N'ergotons pas sur des mots. Ce vieillard est odieux. Je ne peux plus le supporter.

— Mais ma chère, croyez-vous que vous allez devenir millionnaire en ne faisant aucun effort ? Ne vous ai-je pas avertie dès le début qu'il fallait le manier comme de la dynamite ? À quel genre de mauviette me suis-je donc adressé ?

Hildegarde releva et cala ses oreillers dans son dos.

— N'en parlons plus, voulez-vous. Je ne discute pas. Vous avez totalement raison. J'ai agi sur un coup de tête, pas si facile de se domestiquer du jour au lendemain.

— Je préfère vous voir ainsi. Maintenant levez-vous et retournons à bord avant que votre fugue ne soit découverte.

Hildegarde se laissa glisser du lit, attrapa sa jupe de tailleur et l'enfila sans la moindre gêne devant Anton Korff qui ne la quittait pas des yeux. Elle en émergea ébouriffée et lui dit à brûle-pourpoint :

— Vous venez de parler de tactique, qu'entendiez-vous par là ?

— Je suppose que vous aviez un plan ?

— Et pourquoi n'en n'aurais-je pas un maintenant ?

— Où voulez-vous en venir ?

— Si je transformais ce mouvement d'humeur en manœuvre pour l'appâter ?

— Un jeu redoutable, rien ne nous prouve que le vieux soit ferré solidement. S'il l'est, un coup de maître, sinon, une gaffe irratrapable.

— Qu'en pensez-vous ?

— Je viens de vous le dire. L'enjeu demeure trop important pour le risquer sur un coup de dés.

— Mais n'ai-je pas l'air de capituler en retournant à bord ?

— Pas si nous le faisons avant qu'il n'ait appris votre fugue.

— Nous étions au mouillage, je n'avais aucune excuse pour ne pas m'en aller après un tel éclat. N'importe qui ayant le respect de lui-même en aurait fait autant. Voilà ce qui me tracasse.

— Ce sont des subtilités ; nous ne pouvons pas nous permettre d'en faire.

— J'ai une idée ! Retournez à bord, ne parlez pas de moi et voyez où en sont les choses. S'il ne s'inquiète pas, je reviendrai dans la journée, sinon, lancez-le à mes trousses et là, j'en fais mon affaire.

Anton Korff se leva à contrecœur.

— Il n'y a pas d'autre solution, je le crains, mais espérons qu'il ne fera pas lever l'ancre sans explication.

Hildegarde se prit à sourire.

— Il me semble qu'il peut toujours y avoir un litige avec la capitainerie, ne serait-ce que pour mon débarquement sans autorisation. Qu'en pensez-vous ?

— Vous êtes vraiment douée, ma chère.

Et Anton Korff sortit sans ajouter un mot.

La partie était rude, mais si le vieillard se lançait à ses trousses, elle jouait sur le velours. Toute la question résidait dans les improbables réactions du vieil excentrique.

Anton Korff revint à bord et chercha dans son bureau une raison de contacter son patron. Une pile de dossiers sous le bras, il alla frapper à sa cabine et fut surpris en entrant de son changement d'attitude.

L'autre, presque affable, l'accueillit en souriant.

— Nous partons ce soir pour Split ; occupez-vous de tout, je ne veux pas d'escale avant.

Prudemment, le secrétaire progressa sur le terrain miné.

— Puis-je vous demander pourquoi Split ?

Le vieillard, apparemment heureux de vivre, répondit qu'il en gardait un excellent souvenir et aurait beaucoup de plaisir à la revoir.

Cette explication ne valait rien, mais difficile d'en exiger une autre. Anton Korff dut s'en contenter.

— Avez-vous donné les ordres au capitaine, monsieur, ou dois-je m'en occuper ?

— Non, tout est en règle. Faites donc une partie d'échecs avec moi. On ne pourra faire le plein d'eau qu'à cinq heures, paraît-il.

Ils s'installèrent tous deux devant l'échiquier et commencèrent à jouer.

Ni l'un ni l'autre ne voulaient aborder le sujet qui les occupait. Le vieillard observait son secrétaire. Voyant que l'autre ne parlait pas, il se décida au bout d'un moment :

— Mademoiselle Maëner n'est pas dans sa cabine ?

Anton Korff, les yeux fixés sur son jeu, répondit sans se compromettre :

— Par cette chaleur, cela n'a rien de surprenant.

— Je me suis sans doute mal exprimé ; je veux dire qu'elle n'est pas non plus dans sa cabine ; donc, où peut-elle être, d'après vous ?

— Le bateau est grand.

Le vieillard eut un petit gloussement de satisfaction. Il s'amusait prodigieusement.

— Elle n'est pas à mon bord ; cela a été vérifié et en plus j'ai un officier qui l'a vue partir après le repas avec une valise à la main.

— Elle a sans doute été faire un tour.

— Avec une valise ? Allons, Korff, je vous croyais plus fin. Elle est partie, tout bonnement. Elle a pris ses cliques et ses claques et elle nous a plantés là. Savez-vous que je trouve cette jeune personne assez remarquable ?

Le secrétaire sentait le regard de l'autre qui s'accrochait à lui. Il bougea sa tour et haussa les épaules.

— Je vous trouverai une autre garde. Cette fille est idiote.

— Je n'en veux pas d'autre, je veux celle-là. Elle fait partie de mon personnel et ne me quittera qu'avec mon autorisation. Je déteste l'insubordination. Retrouvez-la, nous la débarquerons à Split.

— Ne pensez-vous pas qu'il serait plus sage d'en prendre une autre ? Celle-ci peut vous faire les pires ennuis par réaction et il n'est pas certain que nous la retrouvions.

— Nous ne sommes pas à New York, faites le tour des hôtels, en admettant même qu'il y en ait plusieurs, et ramenez-la.

— Elle peut refuser de me suivre, monsieur.

— Pourquoi êtes-vous si empoté, Korff ? On vous croirait ravi de son départ.

— En quelque sorte, oui, monsieur.

— Que vous a-t-elle jamais fait ?

— À moi, rien, monsieur, mais je trouve qu'elle outrepasse ses fonctions, si vous voulez me permettre.

— Justement pourquoi je veux la retrouver. Elle comprendra une fois pour toutes que je suis seul à décider.

Ils terminèrent la partie d'échecs et Anton Korff, ne voulant pas compromettre la belle humeur de son patron, le laissa gagner.

De retour à l'hôtel, il mit Hildegarde au courant de l'état d'esprit de l'éventuel fiancé. Il n'y avait pas tellement de quoi se réjouir. L'intérêt du vieillard ne dépassait pas celui d'un patron tyrannique. Il ne tenait à la retrouver que pour mieux la flanquer à la porte, mais puisque Hildegarde avait pris position, il fallait s'y tenir. Anton Korff le lui conseilla et retourna à bord annoncer au vieillard que sa garde refusait de reprendre son service et ne réclamait même pas ses gages.

Le vieux hocha la tête, les yeux mi-clos, observa son secrétaire et demanda d'une voix douce :

— De vous à moi, Korff, lui avez-vous offert quelque avantage pour revenir ?

— Certainement, monsieur.

— Combien ?

— Je n'ai pas prononcé de chiffre. J'ai seulement laissé entendre.

— Et elle n'a pas voulu ?

— Je crois qu'elle en fait un point d'honneur.

— Du bluff, mon garçon, pas autre chose. Lui avez-vous dit que nous partions ce soir ?

— Certainement.

— Alors ne nous inquiétons pas, elle sera là.

— Je ne crois pas.

— Parions-nous ?

— Vous allez perdre. Quand je l'ai quittée, elle se renseignait sur les départs d'avion.

— Eh bien, que le diable l'emporte ! Je ne veux plus en entendre parler. Nous lèverons l'ancre après le plein d'eau. Vous pouvez disposer.

— Je resterai dans ma cabine, monsieur. J'ai pas mal de correspondance à mettre à jour. Si vous avez besoin de moi...

— Entendu.

Et le vieillard fit pivoter son fauteuil, signifiant que l'entretien était clos.

Anton Korff, pensif, gagna sa cabine. La partie était jouée maintenant. Si Karl Richmond n'agissait pas, toute la combinaison s'écroulait comme un château de cartes. Hildegarde avait pris trop de risques, elle ne pouvait plus rester dans la course. Il faudrait trouver une autre élève et la former, mais impossible, le secrétaire y pensa soudain avec effroi ; tous les pièces concernant l'adoption étaient officialisées, elle était maintenant sa fille et il ne pouvait plus recommencer. Il allait falloir transformer le plan initial et la faire réapparaître avec le moins de gratuité possible.

Anton Korff s'allongea sur sa couchette, un verre de whisky à portée de la main. Il lui fallait résoudre ce casse-tête au plus vite.

Les heures passèrent sans apporter de solution. Cet impondérable flanquait tout par terre. Et, quel que soit l'aspect sous lequel il envisageait le problème, rien de valable ne s'offrait pour le résoudre.

Vers cinq heures le plein d'eau eut lieu. Il se força à demeurer dans sa cabine, l'oreille aux aguets, mais tout à bord demeurait désespérément tranquille.

Il se leva pour rédiger une lettre qu'il ferait porter à la jeune femme avant le départ du bateau et où il lui donnait ses directives. C'est alors que le miracle eut lieu.

Karl Richmond le fit appeler dans ses appartements. En le voyant, le secrétaire sentit fondre le poids qu'il avait sur l'estomac. Le vieillard l'attendait en grande tenue, veston d'alpaga, panama sur les genoux.

— Conduisez-moi auprès de Mlle Maëner.

L'autre eut garde de faire des commentaires.

— Je vais appeler une voiture, monsieur.

Bouleversé, il remonta sur le pont. Tout s'arrangeait. Admirable ! La petite avait eu raison en lui tenant la dragée haute. Le vieux lui-même se mettait à ramper, à ne pas croire. Puisqu'il cédait maintenant, il était flambé. Tous deux se chargeraient de lui souffler ses prochaines initiatives. Anton Korff, de joie, faillit en perdre son flegme habituel.

Ce fut un rude travail pour installer l'infirme dans la voiture et arrimer son fauteuil sur le toit.

Le secrétaire ne put faire autrement que de proposer d'accompagner son patron. Celui-ci, heureusement, ne voulut pas de ses services.

— Je me débrouillerai avec celui-ci, dit-il en désignant le chauffeur.

Et, du bout de sa canne, il lui bourra l'épaule pour qu'il comprenne qu'on avait assez perdu de temps.

La voiture, une fois de plus, prit le chemin de l'hôtel. Karl Richmond, assis sur la banquette arrière, les deux mains appuyées sur sa canne, souriait doucement à l'intérieur de lui-même sans prêter aucune attention au paysage, tout éberlué de retrouver un petit fragment d'espoir.

Il fallut trois employés de la réception pour le sortir de la camionnette et le réinstaller dans son fauteuil. Il se fit véhiculer dans le jardin, à l'ombre d'un bouquet d'arbres, et attendit patiemment que Hildegarde, avertie, descende le rejoindre.

Elle ne voulut pas se précipiter ni le faire attendre systématiquement pour rendre de mauvais goût sa victoire.

Elle se remaquilla avec soin, essaya de dominer le trac rétrospectif qui la faisait trembler, puis, sous l'apparence d'une jeune femme posée, descendit rejoindre le monsieur qui détenait la puissance.

Il la regarda arriver en souriant et de la main l'invita à s'asseoir.

Hildegarde prit soin de ne pas trahir son trouble par tous ces petits gestes inconsidérés chers aux femmes. Les deux mains croisées sur son giron, la jupe pudiquement baissée, le visage impassible, elle laissa à ses yeux toute latitude pour gagner la partie.

— Savez-vous, mademoiselle Maëner, que je viens de réaliser un exploit sportif en venant vous trouver dans cette retraite ?

— Navrée que vous vous soyez cru obligé de le faire.

— Trêve de plaisanterie, je ne fais pas le galant. Je n'en suis pas un ; mais j'aime les situations nettes et tiens à régler celle-ci.

— Je croyais que mon départ s'en était chargé.

— Vous demeurez à mon service. Je ne vous ai pas donné ordre de le quitter.

— Je m'en suis passée. Je ne vous réclame rien, monsieur Richmond.

— Moi, je pourrais le faire. Mettons que votre fuite me cause un préjudice. Je suis en droit de vous demander réparation. Qu'en pensez-vous ?

Hildegarde sourit et ne répondit pas.

— D'autre part, j'ai pour vous une certaine... comment dirais-je... considération, oui. Vous n'avez pas la mentalité de faquin des gens qui m'entourent. Voilà pourquoi je suis là.

Elle accentua son sourire tandis que ses yeux devenaient ceux d'une innocente-jeune-fille-meurtrie-par-la-vie.

Il la regarda un moment et son silence sembla le désarçonner.

— Je vais vous faire une proposition, mademoiselle Maëner.

— Je vous écoute.

— Nous levons l'ancre dès mon retour. Allez chercher votre valise et accompagnez-moi.

— Pas si simple, monsieur Richmond.

— Ne faites pas l'idiote. Je vous offre 10 000 dollars pour oublier cet incident. Vous pourrez vous offrir tous les poulets du monde aux escales.

— Non, monsieur Richmond.

— Quinze mille ?

— Je me refuse à poursuivre cet entretien si vous ne quittez pas ce ton de commissaire-priseur.

— Je ne sais ce qui me pousse à discuter avec vous alors que, étant à mon service, vous vous mettez dans votre tort.

— Je ne demande pas mieux que de retourner à Cannes. Ce ne sont pas les malades qui manquent.

— La question n'est pas là. Je vous ai engagée. Je vous garde.

— Merci de vous préoccuper de mon opinion.

— Insolente comme un page de cour, mais peut-être n'est-ce pas pour me déplaire. Nous allons faire tout l'archipel grec, un joli voyage. Vous ne le regretterez pas.

— Je regrette l'incident, monsieur Richmond, et je crains qu'il ne se renouvelle.

— Je vous offre 15 000 dollars pour l'oublier. Que puis-je faire de plus ?

— Présenter vos excuses, simplement.

— Oh ! je vois, et le vieillard, interloqué, ne sut que répondre.

— Cette monnaie sans doute n'a pas cours dans votre milieu ?

— Taisez-vous un peu, quelque chose m'échappe. Vous n'êtes pas sincère, vous ne pouvez pas l'être.

Personne de sensé ne préférerait des excuses dites sans conviction à 15 000 dollars en bon argent américain. Pourquoi faites-vous cela ? Quelle idée avez-vous derrière la tête ?

— Je crains que nous ne puissions nous comprendre, monsieur, nous ne parlons pas la même langue.

— Descendez de vos grands chevaux et répondez-moi. Que voulez-vous ?

— Des excuses, je vous l'ai dit.

— Admettons que je me contente de cette explication et que je vous les fasse. Que se passe-t-il après ?

— Rien. J'oublie l'incident et je reprends mon service.

Le vieillard fit pivoter son fauteuil roulant sans cesser d'observer Hildegarde.

— Alors, à chaque fois que je serai, mettons, un peu nerveux, il me faudra vous faire des plates excuses dont vous ne tirerez aucun bénéfice ? Où est votre intérêt, mademoiselle Maëner ?

— De là vient l'erreur. Tous les gens n'obéissent pas aveuglément à leur intérêt, certains n'en tiennent pas compte. Je dois faire partie de cette catégorie.

— Vous n'avez pas répondu à ma question. Pourquoi voulez-vous qu'un homme de mon âge fasse des excuses à une péronnelle comme vous, par orgueil ?

— Certainement pas, mais peut-être par dignité humaine, j'imagine.

— Foutaise ! Un mot de dictionnaire comme la liberté ou l'égalité.

— Pas pour tout le monde, monsieur Richmond. Vous devriez cesser de croire le monde fait à votre image.

— Et où pensez-vous que vous mèneront ces beaux sentiments ?

— Je n'utilise pas un moyen et ne poursuis pas de but. Je suis ainsi et entends le rester.

— Asseyez-vous, ma jeune amie. Je prends avec vous un bain de jouvence et je dois reconnaître qu'une fois de temps en temps cela ne manque pas de charme.

Hildegarde dissimula au mieux un petit sourire de triomphe.

— Alors, si j'ai bien compris, quand je n'aurai plus besoin de vos services, je vous payerai au tarif syndical et vous rentrerez dans vos foyers, en seconde, par le train ?

— Évidemment.

— Savez-vous que si vous étiez un peu plus coopérative vous auriez pu amasser autant d'argent en quelques jours que vous en gagnez normalement en plusieurs années ?

— Je n'en doute pas, mais vous me l'auriez fait payer cher. Vous ne pouvez vous empêcher de tyranniser les gens. Il faut bien qu'ils aient de gros avantages matériels pour vous supporter. Moi, je n'ai pas ce courage.

— Que ferez-vous quand vous ne travaillerez plus pour moi ?

— Je reprendrai ma vie habituelle.

— Avez-vous un amoureux ?

— Non, monsieur Richmond.

— De la famille ?

— Plus maintenant.

— Des amis ?

— Des relations, oui.

— Aimez-vous la vie que nous menons sur ce bateau ?

— Énormément.

— Et moi, que pensez-vous de moi ?

— Quelle drôle de question. Il me semble que je n'ai cessé de vous le dire depuis que je suis à votre service.

— Et que penseriez-vous de moi comme mari ?

— Pourquoi me demandez-vous cela ?

— Nous bavardons. Il faut bien tuer le temps d'une manière ou d'une autre. Répondez-moi.

— Je ne l'ai jamais envisagé.

— Alors faites-le..., pour rire, bien entendu.

— Que vous répondre, vous pourriez être mon père.

— Je n'ai rien d'un vieillard lubrique. Il y a des années que je n'ai pas regardé une femme sous cet angle et j'entends continuer. Un mariage n'est pas forcément réservé aux anguilles de plumard.

— Quel intérêt auriez-vous alors à m'épouser ?

— Vous m'amusez. Rare, savez-vous, de trouver un jeu intéressant à mon âge et avec ma fortune. Vous êtes une petite sphinge ridiculement honnête ou étrangement roublarde. Je n'aurai le fin mot de l'histoire qu'en vous épousant. Qu'ai-je à y perdre ? Une pension alimentaire ne grèvera pas mon budget. Quant à mes illusions, elles n'ont plus rien à craindre. Qu'en pensez-vous ?

— Je ne sais pas. Vous me prenez au dépourvu. Le changement de vie serait radical. Franchement, je ne sais pas.

— Pensez-y, mademoiselle Maëner, mais dites-vous que plus vous réfléchirez, plus cela sera désobligeant pour moi.

— Puis-je à mon tour vous poser une question ?

Il inclina la tête.

— Vous venez de me donner des raisons plausibles pour vouloir m'épouser, mais selon vous, quelles seraient les miennes ?

— Cette franchise me plaît, ma chère, pas une seule femme n'aurait répondu comme vous.

— Mais vous, répondez-moi.

— Je suis riche et vieux. Trouvez-vous d'autres raisons plus valables ?

— Assez péjoratif pour moi. Auriez-vous trouvé argument plus convaincant pour une putain ?

Karl Richmond se mit à rire, amusé et ravi.

— Je ne vois pas sincèrement ce que je pourrais vous offrir d'autre.

— Eh bien, songez-y, si vous voulez que je prenne votre demande au sérieux.

Et elle se leva.

— Je vais faire chercher ma valise.

La main sèche du vieillard se referma sur la sienne.

— Les hommes sont bien peu humains, ma chère. Si j'ai perdu le contact, il ne faut pas trop m'en vouloir.

Hildegarde ne répondit pas.

Les domestiques vinrent l'aider à se réinstaller dans la voiture. Ce fut long et assez pénible. Il ne quitta pas la jeune femme des yeux pendant tout le temps de l'opération. Quand elle fut installée à ses côtés, il lui dit sans la regarder :

— Je suis un vieil homme infirme et plutôt digne de pitié. Est-ce un argument à retenir en ma faveur ?

— En aucun cas, et vous le savez.

Alors il eut un soupir de soulagement et ils n'échangèrent plus que des banalités jusqu'au retour.

7

Leur mariage eut lieu trois semaines plus tard au large d'Athènes, et le capitaine les unit, comme il est de tradition chez les gens de mer.

Anton Korff, en secrétaire zélé, s'occupa de toutes les formalités et eut avec New York un long échange de correspondance, fournissant officiellement toutes les preuves de ce mariage tardif qui fit un boum retentissant dans les colonnes des mondanités. Des photos partirent en bélino et ornèrent les premières pages des quotidiens. Les notaires de Karl Richmond s'agitèrent et laissèrent pointer au milieu de leurs félicitations leur impatience de connaître la jeune épousée.

Sa célébrité devenait internationale sans qu'elle s'en doutât, puisque sa vie ne changea pas et que les escales ne duraient que le temps de faire de l'essence et des vivres.

La vie apparemment demeurait la même à bord, mais Hildegarde avait la libre jouissance de la cassette aux bijoux. Le personnel, plus déférent, semblait toutefois la mettre à l'index, ne lui pardonnant pas sa prompte et totale réussite.

Seul Anton Korff rayonnait. Son but semblait atteint. Étant l'homme de confiance du milliardaire, il put facilement substituer au nom de Maëner le sien sur tous les papiers officiels dont il était seul détenteur.

Rien légalement ne l'obligeait à révéler sa soudaine paternité. D'ailleurs maintenant ce lièvre n'avait plus à être soulevé puisque Hildegarde Maëner était devenue le plus officiellement du monde la jeune Mme Karl Richmond, future héritière d'une des plus grosses fortunes mondiales.

Le Veinard poursuivait sa route avec le vieux jeune marié qui s'amusait beaucoup de ce nouvel état de choses et avait l'air de repartir tout guilleret vers une nouvelle jeunesse. Sa femme, de nom mais non de fait, trouvait que les contes de fées avaient du bon et que ce vieux mari si peu entreprenant offrait de sérieux avantages sur un banal mariage d'amour.

Elle commençait à s'y attacher à sa manière. Ses sautes d'humeur ne la concernaient pas. Il faisait preuve à son égard d'une gentillesse insoupçonnée. Souvent même il l'amusait, et les moments d'intimité où ils jouaient aux échecs ou parlaient à bâtons rompus passaient agréablement, elle ressentait pour lui un reflet de tendresse et ce calme se révélait sans doute préférable aux chaotiques élans de la passion.

Tout marchait donc bien, trop bien, sans anicroche, dans l'euphorie et le luxe.

Hildegarde aurait dû se méfier. Ces situations-là sont bonnes pour le cinéma ou le roman, mais la vie demeure une aventure autrement singulière et ses retours de bâton sont là pour le prouver.

Mais Hildegarde, allemande, donc un peu sentimentale, officialisée maintenant dans la place, ne voyait pas ce qu'elle pouvait redouter.

La vie, eu égard sans doute à sa naïveté, lui laissa donc comme répit le temps de son voyage de noces.

Il dura d'Athènes à New York avec d'agréables escales, de jolis souvenirs, de magnifiques paysages et pas le moindre souci à l'horizon.

L'escale la plus agréable fut sans conteste celle de Hamilton, aux Bermudes.

Le vieillard ne voulut pas débarquer, mais exigea que la jeune femme le fît et profitât de son séjour.

Ce fut une révélation pour elle dont la jeunesse avait été escamotée par la guerre.

Jeune, belle, riche, elle fut le point de mire de tout le gotha des milliardaires désœuvrés. On la critiqua, la jalousa, mais finalement l'accepta. Elle apportait un élément nouveau dans le clan des *happy few*.

On organisa des fêtes en son honneur et de beaux garçons insoupçonnés surgirent de terre pour venir réveiller en elle une sensualité qu'elle croyait morte. Les soirées devenaient merveilleuses. Tout concourait à la faire vivre avec son corps et non plus seulement avec sa tête. Une végétation luxuriante, un climat d'un érotisme latent, des musiques lancinantes et tous ces superbes garçons, poncés, bronzés, musclés, aux corps souples, qui savaient si bien, après les jeux de plage, ouvrir leurs bras pour la serrer contre eux sous un vague prétexte de danse.

Jouer avec eux, se promettre, se prêter, se reprendre et changer de partenaire dès que le désir la rendait accessible créait un climat nouveau et singulièrement grisant.

Elle flirta un peu, s'amusa beaucoup, dépensa énormément d'argent et trouva en résumé que la vie valait bougrement d'être vécue.

Les autres estimèrent que Karl Richmond se révélait un sacré gaillard pour se lancer à son âge dans le mariage avec une fille telle que Hildegarde.

On en fit des gorges chaudes, attendant le moment où sa femme rendrait publique une infortune qui ne pouvait manquer de se produire.

Les moins optimistes envisageaient des solutions où le vaudeville n'avait pas place.

Quoiqu'il en fût, il ne se passa rien et les échotiers restèrent sur leur faim.

Après tout, Hamilton n'était qu'une escale !

Il avait été convenu qu'arrivés à New York ils prendraient l'avion pour se rendre en Californie, où ils passeraient l'hiver. Au printemps, ils retrouveraient *Le Veinard* sur les côtes de Floride et descendraient alors par le Mexique sur l'Amérique du Sud.

Hildegarde baignait en pleine euphorie. Son mari lui avait promis de rouvrir sa maison de New York et d'y organiser, plus tard, des fêtes en son honneur.

Chaque jour la rapprochait de la ville mirage et elle avait hâte maintenant de quitter le bateau.

Quelques jours avant l'arrivée en terre promise, Anton Korff vint la voir dans sa cabine pour une petite conversation d'affaires.

Ils se regardèrent en souriant et dans ce sourire tenait leur mutuelle réussite.

Hildegarde lui dosa un whisky selon son goût et s'assit sur sa couchette, attendant qu'il parlât.

— Nous nous sommes très peu vus depuis votre mariage ; je le déplore sur le plan affectif car, sur le plan des affaires, je n'ai pas perdu mon temps. Pendant que vous couriez le guilledou aux escales, et croyez bien que je ne vous le reproche pas, je m'occupais de votre avenir et par conséquent du mien.

« Comme je vous l'avais dit en France, votre mari testait en faveur d'œuvres plus ou moins philanthropiques ; mes efforts ont tendu à lui suggérer d'annuler ce testament pour un autre en votre faveur.

« C'était la partie la plus délicate de l'affaire. Ma suggestion ne devait pas avoir l'air d'en être une et j'ai dû manœuvrer pour lui en laisser l'initiative, le déconseillant dès qu'il m'en fut fait part de manière à peu près officielle. Aujourd'hui, je puis sans modestie vous annoncer que j'ai réussi ce tour de force. Le document rédigé de sa main et signé devant témoins sera déposé à New York dès votre arrivée. Je puis donc, ma chère fille, vous garantir votre avenir.

Hildegarde se mit à rire.

— Vous êtes un diable d'homme, mais il ne me semble pas que cela soit d'une telle urgence ; mon mari ne s'est jamais si bien porté.

— Le mariage se révèle la meilleure des jouvences, mais il vaut mieux prévenir que guérir. Tout est en règle maintenant. D'autre part, dès que nous aurons débarqué, vous partirez pour la Californie et je n'aurai plus avec lui l'intimité que me procurait le bateau.

— Puis-je vous demander quelles sont les clauses du testament me concernant ?

— Avantageuses, ma chère, très avantageuses. Il vous laisse la totalité de ses biens, à charge pour vous de financer un hôpital, une maison de retraite, un musée d'art moderne et deux ou trois œuvres assez insipides dont il s'est occupé jusqu'ici. Ce sera pour vous une distraction. Tous les ans, on organisera un grand banquet pour vous recevoir. La télévision et les actualités seront là et vous prononcerez une allocution pleine d'intérêt devant le buste du grand homme.

— Et votre position personnelle ?

— Inchangée.

— Mais toutes ces œuvres dont je serai obligée de m'occuper ne vont-elles pas absorber une partie de mon argent ?

— Une partie seulement mais, eu égard au capital, le sacrifice ne sera pas trop lourd. Maintenant, ma chère enfant, je voudrais que nous réglions ensemble un petit détail me concernant. Nous sommes aujourd'hui vendredi, lundi au plus tard nous serons à New York, ville assez fascinante pour qui ne la connaît pas. Vous allez être prise dans un tourbillon de mondanités avant de partir pour la Californie. Nous allons peut-être rester pas mal de temps sans nous voir, aussi je préfère que les choses soient en règle dès maintenant.

— Je vous écoute.

— J'aimerais donc que vous me signiez le chèque de 200 000 dollars que vous me devez à titre de garantie.

— Vous ne perdez pas de temps !

— Certes non. J'ai occupé tout le voyage du retour à clarifier la situation. Vous voici seule bénéficiaire, il est donc juste qu'en retour vous fassiez quelque chose pour moi.

— Ne croyez pas que j'ergote, votre impatience seulement me surprend.

— Dois-je vous rappeler que vous partez pour la Californie par avion ? Moyen de transport rationnel, mais aussi le plus dangereux. S'il vous arrive malheur, mon capital disparaît. Je n'ai pas les moyens de le risquer.

— Optimiste en plus !

— Non, prévoyant. Si vous mourez tous deux, il me reste 200 000 dollars. Ce chèque représente une assurance sur la vie. Je n'aime pas les riques inutiles.

— Très bien, je vais vous les donner. Passez-moi mon chéquier, dans le deuxième tiroir du secrétaire derrière vous.

Anton Korff obéit et sortit un stylo de sa poche.

Hildegarde alluma une cigarette et regarda son père adoptif en souriant.

— Comment le voulez-vous ? Au porteur ou nominatif ?

— À mon nom, cette idée ! Et barré. Je ne veux pas de contestation si je dois le toucher.

Pendant un instant, on n'entendit plus que le grincement de la plume.

— Dois-je le dater ?

— Évidemment. Tant qu'à faire, préférable qu'il soit en règle. Maintenant, signez, mais n'oubliez pas : Hildegarde Korff Richmond. Voilà, merci, ma petite fille.

Et doucement il l'agita pour le sécher, sortit un portefeuille de crocodile et le rangea bien soigneusement.

— Il me reste maintenant à vous souhaiter bonne chance pour votre combat contre New York. Savez-vous que toute l'Amérique a les yeux braqués sur vous ? Mais ne faites pas cette tête-là. Vous vous habituerez très vite. Pensez seulement à préparer quelques mots pour les journalistes, sinon, leur meute ne vous lâchera pas.

— Vous resterez à mes côtés, j'espère ?

— Bien sûr, mais je ne serai pas d'un grand secours, ce ne sera pas moi la vedette !

DEUXIÈME PARTIE

8

Le dimanche appartient au Seigneur. Tous les hommes courtois lui rendent visite dans ses églises ou dans ses temples. Quelques élus ont le rare avantage de lui présenter personnellement leurs civilités, à condition de mourir, bien entendu.

Karl Richmond avait beau être potentat, il avait le sens de la hiérarchie et, dès les premières heures du jour, il se trouva fin prêt pour paraître devant son Créateur.

Hildegarde constata le décès en allant dans la cabine de son mari partager avec lui son petit déjeuner.

Avant même de le toucher, elle sut qu'il était mort, à une certaine raideur dans la façon dont le buste reposait sur l'oreiller. Sous la lampe de chevet allumée, sa main tenait encore le livre qu'il avait dû feuilleter pour s'endormir. Sa poitrine creuse ne se soulevait plus et, dans son visage sans couleur, les yeux fixes semblaient voir à travers elle.

Immobile sur le seuil, elle n'osait faire un mouvement, ne comprenant pas encore ce que représentait ce spectacle sous ses yeux. D'une voix blanche, elle l'appela par deux fois. Sa propre voix la fit frémir. Enfin, en automate, elle referma la porte et s'approcha du lit.

Elle avança sa main vers celle du vieillard, mais n'eut pas le courage de la toucher ; alors, pour se donner une preuve supplémentaire, elle la passa plusieurs fois devant les yeux fixes qui ne cillèrent pas.

Lourdement, elle se laissa tomber sur le siège à ses côtés et resta un bon moment immobile, incapable de coordonner ses idées.

Ainsi il était mort ! Mais de quoi ? Et depuis combien de temps ? Pourquoi n'avait-il pas appelé ?

Ces questions se succédaient en chaîne et l'empêchaient de penser à autre chose.

La sonnette dont il ne s'était pas servi restait à portée de sa main. Machinalement elle regarda les objets habituels posés sur la table de nuit. Elle prit le verre, le retourna, le huma ; un peu d'eau restait dans le fond. La carafe aussi ne contenait que de l'eau aux trois quarts. Elle ne savait pas quoi faire, consternée, incapable d'assimiler la soudaineté de cette mort alors qu'hier elle avait passé la soirée avec lui à faire des projets et à lui poser une foule de questions sur la vie qui les attendait en Amérique. Leur tête-à-tête avait duré toute la soirée. Vers dix heures, le Jamaïcain leur avait apporté du thé et des biscuits comme chaque soir. Ils avaient bavardé un moment encore, elle lui avait dit bonsoir et avait voulu se retirer pour le laisser se reposer.

Et maintenant il était mort, tout seul, comme un pauvre !

Alors, très lentement, son esprit se remit à fonctionner. Elle ne devait pas rester ainsi, il fallait faire quelque chose. La stupeur fit place au malaise et à l'affolement.

Elle se leva et se dirigea vers la porte. Dans son dos, les yeux du mort devaient la fixer.

Il fallait quitter cette pièce au plus vite. Elle ouvrit la porte. Au même moment, elle entendit le tintement des tasses sur la table roulante que poussait le Jamaïcain. Elle devait l'empêcher d'entrer. Instinctivement, elle saisit la clé sur l'intérieur du battant et l'enclencha dans la serrure. Au bout du couloir apparaissaient le domestique et son chariot roulant. En toute hâte, elle s'éloigna et à grandes enjambées gagna le centre de la coursive. Ils se croisèrent au milieu. Hildegarde évita son regard mais le sentit qui, perplexe, la dévisageait.

Il fallait penser et agir vite. Bientôt tous seraient au courant, dans cet univers étrangement clos et réduit.

À pas saccadés, elle se dirigea vers la cabine d'Anton Korff, frappa plusieurs fois et s'affolait déjà quand il la pria d'entrer.

Hirsute, mal rasé et bouffi de sommeil, appuyé sur un coude, il cilla dans la lumière quand elle ouvrit la porte. D'une main, il rapprocha les revers de sa veste de pyjama et étouffa un bâillement.

Hildegarde, malgré son émotion, hésita à le reconnaître sous cet aspect de vieux monsieur au réveil.

Un peu éberlué de la voir chez lui, il lui fit pourtant signe de s'asseoir et alluma sa lampe de chevet.

— Il est mort, dit-elle, sans aucun ménagement.

— Qui est mort ?

— Karl Richmond.

Alors il y eut un instant de silence et tout à coup il fut assis sur sa couchette.

— Qu'est-ce que vous racontez là ?

— Comme chaque matin, je suis allée dans sa cabine pour prendre mon petit déjeuner avec lui et je l'ai trouvé là, mort.

— Comment pouvez-vous en être sûre ?

— Je ne sais pas, mais je le suis. Il ne bougeait pas. Il me regardait fixement. Il tenait encore un livre à la main. Oh ! c'est affreux. Hier, pas plus tard qu'hier, nous avons parlé toute la soirée.

— Allons, calmez-vous. Qui avez-vous alerté ?

— Mais personne ; je suis venue tout de suite vous trouver.

Anton Korff se leva avec une dextérité étonnante pour un homme de son âge et passa une robe de chambre de soie.

— Vous n'avez parlé à personne ?

— Non, je viens de vous le dire.

— Il sera toujours temps d'alerter les autres.

— Mais que pouvons-nous faire ? Il est mort, je vous dis. Je l'ai vu. Je suis restée un moment dans sa cabine.

— Je veux le voir moi-même. Invraisemblable qu'il ait pu mourir sans que personne s'en aperçoive. Passez, je vous suis.

Il ouvrit la porte. Pour la deuxième fois ce matin-là, Hildegarde suivit le même chemin. Son cœur battait à grands coups dans sa poitrine. L'émotion, l'angoisse et la peur venaient de s'y installer.

Avec des gestes fébriles, elle fouilla ses poches pour retrouver la clé. Elle tremblait tant qu'elle dut la donner à Anton Korff pour qu'il ouvrît. Il la fit entrer et referma soigneusement derrière eux.

Instinctivement, Hilde cacha son visage dans ses mains, mais le secrétaire, avec des gestes précis, avait pris déjà le pouls du vieillard. Il lâcha bientôt le poignet en hochant la tête.

— Fâcheux ! marmonna-t-il, très fâcheux.

— Qu'est-ce qui est fâcheux ?

— Qu'il soit mort si tôt. Cela n'arrange pas nos affaires. De quoi a-t-il pu mourir à votre avis ?

— Comment le saurais-je ?

— Il est encore tiède. Cela a dû se passer à l'aube. Cessez de pleurer. Il nous faut réfléchir vite si nous ne voulons pas nous retrouver dans le pétrin.

— Mais pourquoi y serions-nous ?

— Parce que le testament pour le notaire n'est pas enregistré et que si nous ne trouvons pas de solution, la fortune nous passera sous le nez.

— Alors que faut-il faire ?

— Je n'en sais rien. Laissez-moi réfléchir. À quelle heure l'avez-vous trouvé ?

— Mais à l'instant ! Je suis venue chez vous aussitôt après.

Il se mit à marcher de long en large. Hildegarde ne le quittait pas des yeux.

Timidement elle proposa :

— Il faudrait peut-être un médecin ?

Il ne parut pas l'entendre, puis tout à coup s'arrêta face à elle.

— Êtes-vous complètement idiote ? N'avez-vous pas encore compris qu'il est mort et qu'on ne peut plus rien pour lui ? Lui peut quelque chose pour nous si nous agissons intelligemment. Il y a quelques millions de dollars à la clé. Si votre désintéressement vous fait honneur, tant mieux pour vous, je n'ai pas, quant à moi, l'intention d'être frustré.

— Oubliez-vous que je l'ai épousé pour cela !

— Alors cessez de vous conduire de manière aussi conventionnelle et aidez-moi à trouver une solution.

— Mais qu'espérez-vous puisqu'il est mort ? Dans une heure tout le bateau sera au courant.

— Cessez de crier et regardez les choses en face. Si nous pouvons nous en sortir, il faut agir maintenant. Réfléchissez bien. Avez-vous parlé à qui que ce soit, du moment où vous êtes sortie de sa cabine pour venir à la mienne ?

— Non, à personne, je suis venue directement... Toutefois, j'ai croisé le Jamaïcain qui apportait le petit déjeuner.

— Vous a-t-il vue ?

— Bien sûr, nous nous sommes croisés.

— Mais alors, il est entré dans la cabine ?

— Non, je l'avais fermée à clé.

— Cela ne vaut guère mieux. Il faut parer au plus vite à tout nouveau danger. Je retourne chez moi. Sonnez et trouvez un prétexte pour l'empêcher d'entrer et surtout essayez d'être naturelle ; il ne doit se douter de rien. Dès que vous le pourrez, venez me rejoindre au salon. Nous ne devons pas avoir l'air de comploter. N'oubliez pas cela.

— Vous n'allez pas m'obliger à rester seule avec lui ?

— Voyez-vous d'autres solutions ?

— Mais ce n'est pas possible. Il ne cesse de me regarder.

— Ne vous en plaignez pas. Cela peut-être nous permettra d'en sortir.

— Que voulez-vous dire ?

— Avez-vous bien compris ? Vous êtes censée prendre votre petit déjeuner avec votre mari, comme les autres jours. Il n'y a rien d'anormal. Souriez. Soyez détendue. Vous arrivez à New York. Jouez bien la comédie et tout s'arrangera.

Anton Korff entrebâilla la porte, jeta un coup d'œil au couloir désert et, après un petit signe d'encouragement, disparut dans la coursive.

Hildegarde referma la porte sans oser se retourner. Le secrétaire avait raison. Elle devait garder son sang-froid. Elle ne voyait pas comment les choses pouvaient s'arranger, mais puisqu'il l'avait dit, il devait entrevoir une solution.

Elle décrocha le téléphone intérieur et réclama le petit déjeuner. Il n'y eut aucun commentaire. Son interlocuteur ne paraissait au courant de rien. Toutefois il ne fallait pas se faire d'illusions. Le domestique avec son chariot avait dû frapper à la porte du vieillard et tourner le bouton en ne recevant pas de réponse. La porte fermée avait dû le surprendre autant que l'attitude bizarre qu'avait dû avoir Hildegarde en le croisant. Cela provenait peut-être d'une mauvaise impression, mais il lui fallait jouer serré pour l'effacer.

Le silence de la cabine l'oppressait. Elle devait à un constant effort de volonté de ne pas regarder le cadavre. L'homme allait arriver d'un instant à l'autre. Il fallait agir rapidement. Soudain ses yeux accrochèrent la radio posée sur un meuble. Elle tourna le bouton, alluma une cigarette. Des borborygmes troublèrent le silence. Avec des gestes impatients, elle chercha une station, tomba sur de la musique de danse, augmenta l'intensité, éteignit la lampe de chevet et alluma celle de la salle de bains. Il fallait détourner l'attention du domestique et lui faire croire son patron à sa toilette. Alors, aussitôt, elle fit couler un bain et supprima tout éclairage dans la cabine.

Puis, l'oreille collée à la porte, elle guetta tous les bruits extérieurs. La musique emplissait la chambre et semblait faire un bruit infernal. Son cœur, en métronome, lui broyait la poitrine.

Enfin, le tintement des tasses lui parvint. Le Jamaïcain approchait. Elle se retourna vivement. Karl Richmond, dans l'obscurité, donnerait le change.

Il frappa à la porte.

Sur la pointe des pieds, elle courut à la salle de bains, en revint, un peigne à la main, tandis que d'une voix forte, pour couvrir le bruit de l'eau et celui de la radio, elle se mit à parler.

— Non, Karl, je la préfère bleue. J'ai toujours pensé que le bleu me flattait. J'avais, autrefois...

Et elle ouvrit la porte, masquant le lit avec son dos.

Comme elle s'y attendait, le Jamaïcain essaya de jeter un coup d'œil. Elle lui sourit, attrapa la table roulante, la tira dans la cabine en disant :

— Le petit déjeuner, Karl, finissez votre toilette, je m'en occupe.

Et d'un geste de la main, elle lui fit signe de disposer. Mais il n'avait pas envie de partir, il faisait du zèle.

— Voulez-vous que j'ouvre les rideaux, madame ?

— Inutile ; nous monterons sur le pont dès que nous serons prêts. New York est-il en vue ?

— On commence à le deviner. Puis-je aider M. Richmond ?

— Je vous sonnerai si nous avons besoin de vous. Venez nous prévenir quand nous entrerons dans la baie.

Il s'inclina, mais déjà elle repoussait la porte et la refermait sur lui.

Appuyée au battant, elle essaya de calmer son émotion, ralluma la lumière et se retrouva au même point avec le cadavre dans son lit. Elle alla fermer le robinet dans la salle de bains, hésita pour la radio, la laissa, sortit de la cabine, la ferma à clé, garda celle-ci au creux de sa main et se rendit chez elle pour se changer avant de retrouver Anton Korff au salon.

Il l'attendait et rien ne subsistait de son désordre du matin. Son impeccable élégance le lui rendit tel qu'elle le connaissait. Il feuilletait une revue, un verre de whisky à portée de la main.

D'un regard impératif, il lui fit comprendre de rester sur ses gardes, puis nonchalamment se leva, jeta un coup d'œil d'inspection au travers des vitres et s'assura que nul ne pouvait les surprendre, puis, assis de l'autre côté de la table, il lui demanda en souriant :

— Tout s'est-il bien passé ?

Hildegarde voulut lui expliquer, mais de la main il lui fit signe de passer les détails de moindre importance.

— Souriez, ma chère, un importun peut entrer à l'improviste. Nous bavardons à bâtons rompus. Avec cette tête, personne n'y croira.

— Qu'allons-nous faire ?

— Rien. J'y ai réfléchi. Il ne faut rien faire. Nous agirons comme si Karl Richmond n'était pas mort. Il n'y a pas d'autre solution.

Hildegarde avala sa salive et le regarda sans comprendre.

— Nous serons à New York dans la journée. Votre mari, un vieil original, misanthrope, fatigué, débarque et ne veut voir personne aujourd'hui. Ce ne sera pas la première fois. Demain le testament sera enregistré et, par une curieuse coïncidence, votre mari succombera à une attaque. Je connais plusieurs médecins qui, moyennant de somptueux honoraires, ne feront pas de difficulté pour le permis d'inhumer. Vous deviendrez alors une des plus riches veuves du pays et moi, un père à l'abri du besoin. Voyez-vous une meilleure solution ?

Hildegarde, la bouche ouverte, le regardait toujours sans comprendre.

— Souriez, ma chère, et donnez-moi votre point de vue.

Enfin, elle réussit à articuler.

— Vous avez dit vous-même que nous ne passerions pas inaperçus, qu'il y aurait des journalistes, des photographes, tout une foule de badauds. Comment envisagez-vous donc de quitter ce bateau avec un homme mort ?

— Vous devriez cultiver votre sang-froid. Je vous ai déjà dit que nous n'arriverions à New York qu'en fin de journée. Les officiels monteront à bord pour nous accorder le permis de séjour. Cela ne fera aucune difficulté, je les accueille toujours. D'autre part, votre mari invalide nous fournit un grand atout. Il sera dans son fauteuil avec des lunettes et un chapeau rabattu sur les yeux. Il possède à New York une voiture carrossée spécialement pour lui permettre d'y monter avec son fauteuil roulant. Sitôt arrivé chez lui, il s'enferme dans ses appartements et se refuse, par votre intermédiaire naturellement, à recevoir qui que ce soit.

— Mais des gens vont essayer de lui parler !

— À vous, ma chère, de les évincer. Ce que vous avez réussi avec le Jamaïcain n'était pas irréalisable. Refaites la même chose et tout ira bien. Une fois chez lui, facile de condamner sa porte.

— Il faut que vous restiez avec moi. Je n'y arriverai jamais toute seule.

— Pour vous tenir la main, sans doute, et vous encourager ! Croyez-moi, j'aurai assez à faire entre le médecin et le notaire.

— Mais aujourd'hui, les domestiques vont sûrement se douter de quelque chose !

— Tout dépend de votre attitude. Ce n'est pas la première fois qu'il reste enfermé chez lui. Et n'oubliez pas l'importance de cette escale pour distraire tout le monde. L'essentiel nous reste à faire maintenant. Vous devez m'aider. Ce ne sera pas agréable, mais pas moyen de faire autrement.

— Quoi encore ?

— Il faut l'habiller et l'installer dans son fauteuil.

— Ne comptez pas sur moi.

— Si, ma chère, je suis bien obligé et nous n'avons pas tellement de temps devant nous. Dans quelque temps, la rigidité cadavérique aura fait son œuvre et nous ne pourrons plus le bouger. Allez dans sa cabine, je vous y rejoins. Je vais chercher des sangles.

— Pour quoi faire ?

— Il ne serait pas indiqué qu'il dégringolât de son fauteuil au moment où nous le débarquerons.

Hildegarde réprima un frisson et obéit à Anton Korff.

Ce petit intermède macabre leur prit pas mal de temps. La jeune femme le vécut dans un cauchemar. La radio, par dérision, serinait les derniers succès d'un groupe anglais tandis que le cadavre, lui, commençait à se raidir.

Heureusement, le secrétaire ne perdait pas la tête et se chargeait de tout le travail. Il habilla le mort et l'arrima solidement sur sa chaise par des sangles dissimulées sous le veston. Les chevilles furent liées ensemble et attachées au marchepied tandis qu'un plaid lui recouvrait les jambes. Une corde également passait à hauteur du cou et rejoignait l'autre aux omoplates. Un cache-nez la dissimulait. Anton Korff lui mit les lunettes fumées qu'il portait à la lumière du jour et lui rabattit un chapeau sur les yeux.

Ainsi, l'illusion créée, personne ne pouvait supposer que le vieillard avait cessé de vivre.

Il arrêta sa sinistre besogne pour tendre un whisky à Hildegarde, prête à défaillir.

— N'oubliez pas : dès que nous serons à quai, vous serez seule responsable de la bonne marche des événements. Il ne faudra laisser personne l'approcher. Je vais câbler pour que la voiture vous attende. Le trajet sera court, mais sera la partie la plus risquée. Personne ne doit avoir le moindre doute. Votre vigilance ne devra pas se relâcher une seconde !

« Dès que vous serez chez lui, vous vous enfermerez dans ses appartements et il vous sera facile alors d'éviter les indiscrétions. N'oubliez pas de lui faire monter à dîner. Débrouillez-vous comme vous voulez, mais il vous faudra prendre votre dîner et le sien. Le plateau doit retourner vide à l'office.

« N'oubliez pas non plus de parler à haute voix. Il y aura sans doute des domestiques pour rôder autour de sa porte. Votre mari, souffrant, reste vivant. N'oubliez pas cela et tout ira bien. Je me charge du reste. Ne recevez et n'alertez personne, quoi qu'il arrive. Je vous contacterai.

— Mais si tout ne marchait pas comme vous le dites ?

— N'ayez aucune inquiétude et faites ce que je dis. Il ne s'agit que d'une journée. Si par malchance un impondérable remettait tout en cause, ne répondez à aucune question avant de m'avoir revu, compris ?

— Je meurs de peur.

— Normal. Maintenant allez vous reposer, sur le pont de préférence. On doit vous voir. Vous avez montré suffisamment d'impatience à la pensée d'arriver à New York. N'éveillez pas les soupçons en changeant d'attitude. Buvez encore un peu, cela ne vous fera pas de mal.

Et tandis que Hildegarde, défaite, ne pouvait détacher ses yeux de la sinistre mascarade, Anton Korff lui murmura :

— Dès demain vous serez riche et tout cela ne sera plus qu'un cauchemar. Une fortune aussi considérable excuse bien quelques mauvais moments.

Après, tout se déroula dans un rêve. La jeune femme regardait agir cette autre partie d'elle-même qu'elle ne connaissait pas. Sa voix paraissait normale, ses gestes assurés, mais dans sa tête se creusait un gouffre où elle ne cessait de dégringoler. En équilibre sur la corde raide, elle savait que le moindre faux pas lui serait fatal.

Les officiers occupés par les manœuvres ne lui prêtaient pas attention. Le personnel ne songeait qu'à l'escale et s'apprêtait à débarquer.

Anton Korff avait eu raison. Le fait d'arriver à New York créait un dérivatif profitable.

Soigneusement maquillée pour dissimuler sa pâleur, les jumelles autour du cou, elle feignait de se passionner pour la côte dont on distinguait maintenant chaque contour. Dans quelques heures les officiels viendraient à bord. Il lui restait un peu de répit. Sous le ciel bleu s'étirait la mer calme. Le seul bruit venait de la salle des machines. Chacun veillait à son poste, même le vieillard installé dans son fauteuil roulant et qui n'attendait plus que le moment d'entrer en scène.

9

Tout, très lentement, s'orchestra. Les yeux fixés sur la rade, elle ne perçut pas le moment de l'arrivée. Quand la vedette de la Santé accosta le yacht, elle comprit que le sursis prenait fin.

Instinctivement, elle évita les visiteurs et, dissimulée derrière les baies du grand salon, suivit avidement tous les gestes d'Anton Korff qui les accueillait. De son poste, aucun bruit ne lui parvenait. Seule son imagination virulente lui tenait compagnie. Le temps semblait s'arrêter. Elle grillait cigarette sur cigarette sans même jeter un coup d'œil à la statue de la Liberté qui se dressait à quelques encâblures de son bâtiment.

Ils s'engagèrent dans l'East River, passèrent devant le fort Totten, de l'autre côté du détroit de Long Island.

Soudain, un bruit de moteur et la porte s'ouvrait sur un Anton Korff souriant.

— Tout va bien, dit-il aussitôt pour la rassurer.

— Dans combien de temps accosterons-nous ?

— Les manœuvres de mouillage n'en finissent pas, mais heureusement, ajouta-t-il avec un sourire, en cette saison les jours raccourcissent. Vous traverserez New York illuminé ; c'est encore plus fascinant que le jour.

— Comment pouvez-vous plaisanter ?

— Je suis bien obligé de le faire, vous avez un tel air de catastrophe que vous donneriez des soupçons au plus confiant. Je vous quitte maintenant. Nous n'aurons probablement pas l'occasion de nous revoir avant demain. Rappelez-vous, quoi qu'il arrive, n'entreprenez rien avant de m'avoir revu. J'aurai peut-être du retard à cause des notaires, mais je viendrai avec un médecin dès que je le pourrai.

Restée seule, Hildegarde essaya de tuer le temps en s'intéressant à la manœuvre, lente et confuse.

New York, trop gigantesque, semblait hostile. La brume tombait doucement. Les premières lumières clignotaient aux gratte-ciel. La pénombre commençait à estomper les bassins. Elle alla assister à l'accostage de la passerelle des officiers de navigation. Absorbés par leurs manœuvres, ils ne la remarquèrent pas.

Elle se sentit seule et désemparée.

Soudain un steward fut à ses côtés.

— Coucherez-vous à terre ce soir, madame ?

Épouvantée, elle le regarda sans comprendre.

— Dois-je avertir M. Richmond qu'il peut débarquer ?

— Mais où sommes-nous donc ?

— À quai, Madame, répondit-il, légèrement interloqué.

Hildegarde jeta un regard sur babord et parut s'éveiller d'un rêve.

Comment avait-elle pu ne pas s'apercevoir que les machines avaient stoppé et que la passerelle déjà était mise ?

Une foule moins dense qu'elle ne le craignait se massait inactive sur le wharf. Une grande limousine noire arrêtée à hauteur de la coupée les attendait.

D'un seul regard, elle vit tout cela et perçut les bruits, les odeurs. Que s'était-il donc passé ? Avait-elle dormi ? Il lui fallait réagir, éloigner ce steward, retrouver ses esprits. Peut-être même son attitude devait-elle sembler bizarre, pour peu qu'on l'observât.

— Allez me chercher mon manteau et mon sac dans ma cabine.

L'homme salua avant de s'éloigner. Soudain elle comprit qu'elle avait froid.

En l'absence de son mari, elle devenait la patronne et on attendait qu'elle donnât des ordres. Anton Korff le lui avait dit : « Votre rôle commence au débarquement. Vous devez jouer serré. Personne ne pourra vous aider. »

Dans quelques heures tout serait terminé, mais en attendant elle ne devait compter que sur elle. Malgré sa répugnance, il lui fallait descendre à la cabine de son mari, y faire venir les Jamaïcains pour qu'ils le transportent, d'abord dans les coursives, puis dans l'ascenseur intérieur, enfin il faudrait lui faire descendre la passerelle de coupée et l'installer dans la voiture.

Comment pourraient-ils accomplir un trajet aussi long et difficile sans s'apercevoir de rien ? Ne trouveraient-ils pas anormal que Karl Richmond n'éclatât pas en imprécations à chaque cahot ?

Hildegarde se mit à trembler tandis qu'une crampe lui nouait l'estomac.

Le steward revint et l'aida à enfiler son manteau. Il la regarda, indécis, ne sachant s'il devait s'éloigner.

— Occupez-vous des bagages, faites-les porter à la maison demain dans la journée.

Puis elle se décida à descendre.

En entrant dans la cabine, la vue du vieillard la fit frémir. Il semblait assoupi. Pourrait-elle profiter de cette confusion ? Soigneusement, elle fit le tour de son fauteuil pour s'assurer qu'aucun détail n'éveillerait la méfiance. Les sangles invisibles remplissaient bien leur office. Le vieillard ganté et emmitouflé dans ses couvertures paraissait seulement se reposer.

Elle sonna les Jamaïcains. Elle dut à un effort de volonté de ne pas allumer de cigarette ; plus le moment de se doper.

Les domestiques entrèrent. Elle ne se souvint pas les avoir entendus frapper.

Il y eut un horrible silence et elle fut terrifiée de voir leurs regards fixés sur le vieillard, qui n'avait pas bougé à leur entrée. Sans même savoir ce qu'elle faisait, elle vint à son fauteuil et remonta un peu sur sa bouche son foulard autour du cou.

— Je ne veux pas que vous parliez, Karl, le temps est humide dehors. Gardez cette écharpe sur votre bouche pour ne pas attraper froid.

Rapidement elle se retourna, masquant l'improbable réaction de son mari.

— Faites très attention en l'amenant à sa voiture. M. Richmond est légèrement souffrant et a hâte de rentrer chez lui.

Comme les domestiques ne bougeaient pas, elle eut vers eux un geste d'impatience.

— Avez-vous l'intention de vous décider aujourd'hui ?

Immédiatement ils s'approchèrent du fauteuil.

Hildegarde étouffa un petit cri.

— Vous, allez chercher mes gants dans ma cabine. Et vous, commencez à rouler le fauteuil de M. Richmond, je vous accompagne.

Les deux garçons obéirent.

Tandis que l'un quittait la cabine, l'autre venait prendre la barre d'appui du fauteuil. Ainsi placé, il ne pouvait voir que le chapeau du vieillard.

— Doucement, recommanda Hildegarde.

Le regard indifférent du domestique la rassura quelque peu.

Bonne chose d'avoir pu éloigner l'autre un moment !

Elle alla ouvrir et maintenir la porte le temps qu'ils passent dans la coursive étroite. Ils ne pouvaient y tenir à deux de front. Elle s'en voulut de n'avoir pas précédé le fauteuil pour servir de bouclier aux indiscrets.

L'œil à l'affût, elle surveillait toutes les portes qui ouvraient sur le couloir. Sa cabine située avant celle de son mari, le Jamaïcain serait obligé de marcher derrière elle quand il lui rapporterait ses gants.

Le domestique n'en finissait pas de rouler le fauteuil, par sa faute, elle lui avait recommandé de faire attention. Il ne faisait que lui obéir scrupuleusement. Arrivé au coude que faisait la coursive, il pencha le siège en arrière pour lever les roues avant et le faire pivoter sur place. À moitié cachée par le dos du domestique, elle réussit pourtant à voir la tête du vieillard, qui ne suivait pas le mouvement et demeurait d'une rigidité alarmante. L'homme s'en était-il aperçu ?

Ils arrivaient à l'ascenseur quand l'autre Jamaïcain revint et tendit ses gants à Hildegarde. Elle les prit sans le regarder et lui fit signe d'aider son compagnon à manœuvrer les portes à glissière.

Elle saisit la rampe du fauteuil et le tira un peu en retrait. Il fallait trouver quelque chose à dire. Cet accablant silence ne pouvait se prolonger. Karl Richmond ne les avait pas habitués à se renfermer dans un tel mutisme.

Un des garçons ressortit et vint reprendre le fauteuil pour le pousser à l'intérieur de l'ascenseur.

L'autre, au garde-à-vous, ne le quittait pas des yeux et suivait la manœuvre.

Cherchant fébrilement quelque chose à dire, Hildegarde se raccrocha à la première pensée qui lui vint.

— Tournez-le, ce sera plus facile pour sortir, et, se penchant vers son mari, elle lui dit : Ne vous inquiétez pas, Karl, la voiture vous attend, vous serez bientôt allongé dans votre lit.

— Dois-je prendre votre serviette, monsieur Richmond ?

D'un haut-le-corps, Hildegarde se redressa.

— De quelle serviette parlez-vous ?

— Mais… je ne sais pas, celle où il range ses documents. Il ne la quitte jamais.

Sèchement la jeune femme observa.

— N'importunez pas mon mari. Je vous ai déjà dit qu'il désire se reposer.

— Mais que dois-je faire au sujet de la serviette ?

— Je n'en sais, que diable ! Demandez à M. Korff, il s'en chargera.

Et, debout à côté du fauteuil, elle obligea les deux autres à rester en retrait.

Puis les portes s'ouvrirent et ils furent sur le pont.

Un officier marchait dans leur direction. La gorge sèche, Hilde le regardait approcher. Il y eut une minute de flottement et le fauteuil s'immobilisa. L'officier passa devant le vieillard, salua d'une main à sa casquette et s'engouffra dans le carré. Lentement la jeune femme trouva sa respiration et se remit à marcher. Les deux autres l'imitèrent. La passerelle se trouvait à quelques mètres d'eux et personne ne barrait le chemin.

Le danger résidait au-delà du quai où piétinait la foule. La voiture arrêtée à quelques enjambées, il faudrait les franchir dans la curiosité générale. Cet imbécile de chauffeur installé sur son siège ne bougeait pas. Il leur ferait perdre du temps en ne décollant de sa place qu'au dernier moment.

Hildegarde n'y tint plus ; le désignant du doigt, elle dit à l'un des domestiques.

— Allez donc lui dire d'ouvrir ses portières. Je ne veux pas que mon mari attrape froid.

L'homme dévala l'échelle de coupée en faisant grincer les filins passés dans les cannes.

— Eh bien, qu'attendez-vous ?

— Je ne peux pas m'engager seul sur la passerelle, madame. Il faut que mon camarade vienne m'aider.

Hildegarde se retint pour ne pas crier.

La foule, la tête levée, ne perdait rien du débarquement. Le Jamaïcain, en bas, semblait entreprendre une conversation avec le chauffeur et tous trois, immobiles sur le pont, durent attendre qu'elle se terminât.

Enfin le chauffeur en livrée ouvrit les portières. Cela tenait à la fois du fourgon et de l'ambulance ; mais, Dieu merci, derrière les judas étroits, de l'extérieur, on ne devait rien voir. Hildegarde aurait aimé qu'il collât l'arrière de la voiture au ras de la passerelle, mais le chauffeur n'en eut visiblement pas l'idée et se contenta d'attendre une main sur la poignée, l'autre tenant sa casquette.

Le Jamaïcain remonta jusqu'à Karl Richmond, se pencha et saisit le cale-pied, puis il commença à descendre, en reculant, soulevant son fardeau. Les deux hommes, trop occupés par leur manœuvre, ne prêtaient pas attention au vieillard.

Hilde scruta la foule. Elle eut un soupir de soulagement en constatant que l'intérêt général résidait dans l'équilibre du fauteuil. Attentifs, ils espéraient secrètement voir basculer le milliardaire dans le port.

Cette diversion fut bénéfique et grâce à elle la jeune femme ne courut aucun risque pendant tout le temps de l'opération.

Arrivés sur le quai, elle reprit sa place, collée aux accoudoirs du fauteuil.

— Je vous souhaite la bienvenue, crut bon de dire le chauffeur.

— Dépêchons-nous, mon mari s'impatiente.

L'antipathie, d'un seul coup, s'installa entre eux. Quelques curieux se rapprochèrent.

Énervée, Hildegarde bouscula le chauffeur.

— Vous voyez bien qu'il va attraper du mal, faites-le monter.

Il lui jeta un regard noir et reprit le fauteuil des mains du Jamaïcain. Ceux-ci, bras ballants, regardaient leur patron.

— Remontez à bord.

— Bien, madame.

Ils obéirent, mais sans se presser, pour bien lui marquer leur réprobation.

Elle monta dans l'espèce de fourgon.

— Je resterai à ses côtés. Vous pouvez partir.

— Vous seriez mieux à l'avant, madame.

— Je préfère rester ainsi.

La rage lui nouait les nerfs. Allait-il discuter longtemps, les deux portes ouvertes, alors que tout le monde pouvait les examiner à loisirs.

Il regarda fixement le vieillard.

— M. Richmond n'a pas l'air bien, en effet.

— Je vous ai dit que mon mari était souffrant. J'ai hâte qu'il se repose.

— Bien naturel, madame.

— Alors, pour l'amour du ciel, cessez vos discours et partons.

— À vos ordres, madame.

Il se décida à quitter l'arrière de la voiture. Il descendit, ajusta sa casquette et referma enfin les portes. Elle entendit le pêne s'enclencher. Alors seulement, elle s'affaissa sur elle-même comme un boxeur groggy. Dans un rêve, elle entendit la portière de l'avant s'ouvrir et se refermer, puis le ronronnement du moteur. Enfin, avec la première secousse, elle comprit qu'ils étaient partis.

Fébrile, elle chercha une cigarette dans son sac, l'alluma et en tira une longue bouffée, les yeux clos, récupérant des forces progressivement.

La limousine, bien suspendue, absorbait les cahots du port. Assise sur une banquette recouverte d'un plaid, elle se tenait obligatoirement face à son mari. Elle ne pouvait en détacher ses yeux. Entre le chapeau, les lunettes et le cache-nez, on ne pouvait distinguer grand-chose du vieillard, mais Hildegarde l'imaginait de manière encore plus précise que s'il avait été à visage découvert. Elle avait un peu pitié de lui, mais surtout elle avait peur. Le contact de la mort suffisait à la glacer d'effroi et ce cadavre que l'on frustrait de son repos la fascinait.

Instinctivement elle s'éloigna de lui et alluma une nouvelle cigarette au mégot de la précédente. La chaleur dans la voiture semblait étouffante et elle fit glisser son manteau de ses épaules. Serrée dans une blouse noire à manches courtes, elle se sentit mieux et jeta un coup d'œil par la portière. Ils passaient devant le Moriss Yacht Club de Pelham Bay. Cette jetée allait-elle bientôt se terminer ? Ce fut alors qu'elle aperçut, dans le rétroviseur, le regard du chauffeur qui la détaillait avec hostilité, impudence et étonnement. Elle se demanda pourquoi et, par réflexe, baissa les yeux. Pendant quelques secondes toute son attention parut concentrée sur sa cigarette, puis, n'y tenant plus, elle reporta ses yeux sur le rétroviseur. Leurs regards se croisèrent, puis celui de l'homme retourna sur la route quelques instants avant de se fixer à nouveau sur le vieillard ; le même air étonné surprit Hildegarde, qui regarda son mari et comprit tout à coup.

Elle trônait là, bras nus, très décolletée, tandis que lui avait l'air pas trop insensible à la chaleur avec son écharpe sur la bouche, son chapeau rabattu, ses gants de laine et son plaid bien serré autour des jambes.

Un petit ascenseur se décrocha à l'intérieur d'elle-même. Il fallait faire quelque chose tout de suite, mais n'aurait-elle pas l'air d'agir en réaction ?

Elle se mordit les lèvres pour ne pas crier en sentant le contact froid du visage de son mari, sous sa main ; pourtant elle n'interrompit pas son geste et fit glisser l'écharpe sous le menton, sûre que le chauffeur la regardait.

Elle se rassit et jeta un bref coup d'œil au rétroviseur. L'homme détourna vivement les yeux et ne s'occupa plus que de la route.

Ils s'arrêtèrent à la douane et elle l'entendit discuter avec les fonctionnaires. Personne ne chercha à la voir. La voiture redémarra et quitta le port.

La nuit s'épaississait et, par les fenêtres, elle ne pouvait plus rien découvrir sinon l'anonymat d'une ville qui s'éclairait.

Ils roulèrent un bon moment, puis les maisons s'espacèrent, les néons devinrent moins agressifs. Des arbres semblèrent surgir de la pénombre. Ils devaient gagner les quartiers résidentiels. Dans quelques moments, sans doute, ils arriveraient.

Il faisait maintenant complètement noir à l'intérieur de la voiture et Hildegarde devait écarquiller les yeux pour découvrir face à elle la masse plus sombre de son mari. La migraine la prit et elle alluma une nouvelle cigarette.

Au bout d'un moment, la voiture stoppa. Penchée au judas, elle découvrit un perron entouré de colonnes doriques brillament éclairé. Une haie de domestiques attendait, déférente, l'arrivée du maître de céans. Le doyen, un vieillard en habit, s'approcha de la voiture. Hildegarde se sentit à nouveau envahie par la panique, mais déjà le chauffeur ouvrait les portes, alors tout de suite elle s'interposa entre le personnel et son mari.

— La chambre de monsieur est-elle prête ?

— Naturellement, madame. J'y ai fait préparer un bon feu.

Elle s'efforça de sourire.

— Très aimable à vous.

Le chauffeur impassible ne bougeait pas, les domestiques au garde-à-vous non plus. Il fallait faire quelque chose et le faire vite. Elle apercevait le grand hall avec son escalier à double révolution et son gigantesque lustre de cristal qui ne laisserait dans l'ombre aucun détail.

Il allait falloir, à nouveau, passer devant cette haie de gens qui connaissaient mieux son mari qu'elle ne le connaissait elle-même. Son courage l'abandonna.

Elle ne se reconnut pas quand une voix calme sortit de sa poitrine et dit d'un ton aimable d'où toute panique semblait exclue :

— Mon mari vient de s'endormir. Il est extrêmement fatigué du voyage. J'aimerais que vous rouliez le fauteuil dans sa chambre sans le réveiller. Pensez-vous réussir ce petit miracle ?

Le majordome s'inclina avec un respectueux sourire, semblant garantir la bonne fin de cette entreprise. Deux laquais vinrent aider à descendre le fauteuil. Hilde passa une main brûlante sur son front.

— Vous pouvez disposer, dit-elle au chauffeur. Tenez-vous demain à ma disposition.

Le vieillard respectueux escortait le fauteuil un peu en retrait.

D'un signe de tête, elle salua les domestiques et se tourna vers l'un d'eux alors qu'ils franchissaient le perron.

— Pouvez-vous éteindre ce lustre ? Je crains que la lumière ne le réveille.

À pas vifs, elle le vit s'engager dans l'immense pièce, mais ils avançaient vite, trop vite, et dans une seconde ils se trouveraient sur le seuil et Karl Richmond se livrerait à leur examen, en pleine lumière. Alors elle feignit de se tordre la cheville, ce qui les immobilisa tous.

Avec un sourire confus, elle se massa la jambe.

— Puis-je me permettre de vous offrir mon bras ? proposa le vieillard.

D'un signe de tête, elle refusa.

Le lustre éteint, des torchères diffusaient maintenant une lumière tamisée, laissant dans le hall des zones d'ombre.

— Cela va mieux, assura Hildegarde, sincère.

Ils reprirent leur marche.

— J'ai fait préparer la chambre du rez-de-chaussée, dit encore le majordome. Dois-je vous y servir le dîner ?

— Inutile, mon mari va se reposer. Je suis également lasse.

Elle se sentait incapable de dévorer deux repas.

— Je vais vous envoyer deux jeunes garçons pour le coucher.

Elle eut du mal à ne pas crier, mais se reprit rapidement.

— Non, merci.

Et comme il la regardait, surpris.

— Son sommeil devient précaire. Je ne veux pas le déranger maintenant. Dès qu'il sera éveillé, je vous appellerai. Peut-être même, alors, voudra-t-il souper.

Le havre de paix se trouvait de l'autre côté de la galerie. Par une attention appréciable, le jeune garçon se précipita pour éteindre. Seul le feu de bois illuminait la pièce, mais cet éclairage n'avait rien de redoutable pour Hilde. Elle sentit la victoire à portée de sa main.

— Je vous remercie, dit-elle en souriant.

— Je resterai à votre disposition toute la nuit, madame.

— Non, nous n'avons besoin que de repos. Je vous promets de vous appeler si nous changeons d'avis.

Ils étaient sur le seuil de la porte.

Le domestique roula le fauteuil de Karl Richmond à l'intérieur de la chambre et se retourna, attendant les ordres.

— Bonsoir, dit Hildegarde.

L'autre sortit et le majordome s'inclina.

— Bonsoir, madame, je vous souhaite une bonne nuit. Oh ! j'oubliais, je m'appelle Barnes.

— Parfait. Je n'ai plus besoin de vous, Barnes.

Et elle referma la porte, peut-être un tout petit peu trop vite, mais c'était fini. Elle n'avait plus rien à craindre. Personne maintenant n'avait de raison de pénétrer dans ses appartements.

Alors seulement elle découvrit la magnificence du décor et en fut un instant interloquée avant de prendre soudain conscience que tout cela lui appartenait.

Elle ferma la porte à clé, poussa le fauteuil dans le coin le moins éclairé et vint s'installer dans une grande bergère, face à la cheminée. Épuisée, elle s'assoupit aussitôt.

10

Quand elle s'éveilla, le grand jour se levait sur le feu éteint. La faim lui tiraillait l'estomac. Elle hésita à sonner puis se dit que de ne donner aucun signe de vie éveillerait le plus les soupçons. Elle le fit donc et dut se forcer à jeter un coup d'œil au cadavre. Bien lui en prit, car elle ne pouvait le laisser dans sa propre maison, avec son chapeau sur la tête. Malgré sa répugnance, elle le lui ôta et voulut faire de même pour les gants, mais la rigidité cadavérique avait fait son œuvre et elle ne pouvait plus lui décroiser les mains.

Elle roula le fauteuil face à la cheminée pour qu'il soit dos à la porte. Au même moment, on frappa. Hildegarde vint ouvrir et s'encadra bien dans le chambranle. Un nouveau domestique, ayant échappé la veille à son examen, se tenait sur le seuil.

— Apportez-nous le petit déjeuner. J'attends ce matin une visite. Faites entrer cette personne dès qu'elle se présentera.

Elle dévora ce qui se trouvait sur le plateau qu'elle déposa devant la porte. Cela faisait pension de famille, mais elle tenait à éviter les commérages d'office. Moins le personnel s'approcherait de Karl Richmond, mieux cela vaudrait.

Elle avait accompli ce qui semblait irréalisable : convoyer un cadavre sous le regard d'une foule qu'elle avait réussi à duper.

Aucune épreuve désormais ne pourrait être aussi rude.

La dépouille mortelle, rigide dans son fauteuil, face à un feu mort également, ne lui faisait plus peur. Il semblait qu'une complicité affectueuse venait de s'établir entre eux.

Hildegarde le regarda longuement. Il ne restait plus rien de son mari, que son effigie, mais qu'en avait-elle connu d'autre !

Elle se releva, se sentant délivrée, et passa dans la salle de bains d'un luxe insolent pour se faire couler un bain. Seulement alors, l'avenir sembla se présenter sous d'agréables auspices.

N'ayant rien d'autre à faire, elle passa un temps considérable à sa toilette, se lava les cheveux, se fit une mise en plis et se demanda si l'hypocrisie seule l'empêchait de fredonner.

Un peu après onze heures, elle revint dans la chambre, alluma une cigarette et décrocha le téléphone intérieur pour renouveler ses consignes au sujet de la visite attendue. Barnes lui assura que personne ne s'était encore présenté, hors quelques journalistes qu'il avait cru de son devoir d'éconduire. Il proposa respectueusement à la jeune femme d'envoyer des valets de pied pour aider le vieillard à sa toilette. Elle s'empressa de refuser, affirmant qu'elle assumait cette tâche sans difficulté. Il s'offrit alors pour rallumer le feu, apporter des rafraîchissements, brancher une télévision.

Sa complaisance dévouée agaça Hildegarde, qui regretta d'avoir téléphoné.

Les minutes s'ajoutant les unes aux autres formèrent des quarts d'heure qui devinrent des demi-heures, puis une heure, puis une heure et quart. Le téléphone, lui, restait muet et Anton Korff n'arrivait pas.

L'optimisme de Hildegarde commençait à s'effriter.

Elle souhaitait que le branle-bas se déclenchât.

La maison entière semblait, elle aussi, frappée d'aboulie. Les domestiques groupés à l'office devaient bavarder en jetant des regards étonnés sur le tableau de service muet.

L'heure du déjeuner approchait. Il lui fallait agir. On trouverait sûrement anormal qu'elle n'alertât pas un médecin si elle maintenait la version du malaise.

Elle pensa soudain trouver un quelconque prétexte pour sortir et n'être pas là au moment du déjeuner, mais le risque lui apparut trop grand. Elle ne pouvait s'assurer de la discrétion des domestiques, pas plus qu'elle ne pouvait enfermer le vieillard à clé.

Hildegarde, indécise, s'approcha de la fenêtre, souleva le voilage et pressa son front brûlant contre la vitre.

De grands arbres centenaires meublaient le parc. Assez loin, entre les branches, se dressaient de hautes grilles qui devaient garder la propriété. Une épaisse pelouse, des allées de fin gravier, de savants massifs de fleurs donnaient au jardin une impression de retraite et d'élégance.

Les feuilles blondissaient sur les arbres. L'automne, calmement, naissait. Bientôt, les jours raccourciraient et le temps fraîchirait. Il serait agréable d'envisager des fourrures…

Une petite toux dans son dos la fit sursauter. Se retournant, son regard surprit le visage grave du majordome, debout sur le seuil de la porte.

Rapidement elle quitta la fenêtre et s'avança vers lui.

Depuis combien de temps était-il là ? et que savait-il au juste ? L'émotion l'empêcha de parler la première.

— J'ai frappé plusieurs fois, s'excusa Barnes, mais M. Richmond ne m'ayant pas répondu, je me suis permis d'entrer.

— Que voulez-vous ? réussit à articuler la jeune femme, se plaçant en écran entre les deux hommes.

— Je me suis autorisé à faire préparer une légère collation.

— Je n'ai pas faim, merci.

— M. Richmond aimerait peut-être se restaurer ?

— Mon mari est souffrant.

— Puis-je me permettre d'appeler en consultation le Pr…

— Non, ne vous en occupez pas, et aussitôt elle s'en voulut d'avoir admis la possibilité d'un médecin.

Cet homme devait quitter la chambre. Immédiatement.

— Mon mari n'est pas à proprement parler souffrant. Fatigué, il a besoin de repos.

— Voulez-vous me permettre de me faire aider pour le mettre au lit ?

— Inutile, merci. Je vous promets de vous faire appeler très bientôt.

La curiosité de Barnes, malgré sa déférence, s'accrut du mutisme de son despotique patron. Il ne pouvait se décider à se retirer.

— Le chauffeur est là. Dois-je lui transmettre des ordres ?

— Pas pour le moment.

Hildegarde fit un pas en avant, s'appuyant au chambranle de la porte pour lui faire comprendre la fin de l'entretien, mais en faisant ce léger mouvement, elle cessa de cacher son mari qui entra tout entier dans le champ visuel de Barnes, celui-ci s'inclina et s'adressa personnellement au vieillard.

— En mon nom et en celui de mes collègues, je suis heureux, pour votre mariage, de vous présenter respectueusement nos vœux les plus chaleureux.

Hilde ferma les yeux. Le domestique releva lentement la tête et Karl Richmond, immobile, ne répondit pas.

C'était la catastrophe.

Sa propre voix pourtant répondit :

— Il vient de s'assoupir. Ne le dérangeons pas. Et confuse, elle ajouta : Il dort généralement si mal…

Le majordome, étonné, ne fit aucun commentaire et se retira en s'inclinant.

La porte refermée, Hilde sentit ses nerfs prêts à la lâcher. Avec la tension trop forte, elle allait s'évanouir ou piquer une crise. Il fallait qu'Anton Korff arrivât. La situation lui filait entre les mains. Elle n'avait pas entendu le domestique s'éloigner. Il devait rester collé à la porte, intrigué et vaguement mal à l'aise, ne soupçonnant rien encore mais décontenancé par la bizarrerie de la situation.

Il y aurait des commérages à l'office. L'imagination d'almanach des femmes de chambre allait donner à leurs ragots un ton particulièrement dangereux.

Hilde, étant jeune et belle, n'aurait pas leur sympathie. Tout ce personnel désœuvré allait commenter le retour de Barnes qui n'aurait pas de nouvelles bien concluantes à donner.

Mais que pouvait-elle faire ? Hors de question de quitter cette maison accompagnée du cadavre. Il y avait sûrement quelque chose de sensé à entreprendre, mais quoi ?

Son malaise s'accrut. Le calme de la chambre mitraillé par la pendule, l'effroyable silhouette de son mari, l'indifférence statique des meubles, le gouffre noir de la cheminée, tout cet effrayant silence, où, seul personnage vivant, elle essayait de se débattre, l'engluaient progressivement.

Elle se mit à marcher en rond, incapable de fixer son attention, prisonnière de sa propre angoisse. Soudain, elle se figea sur place. Là, devant elle, sur le cadavre du vieil homme, la vie revenait. Ses deux mains étouffèrent un cri. Une mouche active quittait l'arête du nez, descendait sur la joue, la remontait et, inconsciente, parcourait l'œil grand ouvert.

Hildegarde fut près de l'évanouissement. Il fallait empêcher cette dernière profanation. D'un geste brusque, elle chassa la mouche. La respiration saccadée, luttant contre la nausée, appuyée d'une main à la barre du fauteuil, de l'autre, elle brassait l'air de moulinets, tandis que l'insecte obstiné tournoyait en sciant l'air de ses ailes.

À ce moment, la sonnerie grêle du téléphone la ramena à la raison.

Elle s'y précipita et faillit défaillir de soulagement quand Barnes lui annonça qu'un monsieur la demandait.

Fébrile, elle vérifia sa toilette et se retint pour ne pas aller au-devant de lui, dans le hall.

Quelques instants plus tard, il frappait à la porte. Ce n'était pas Anton Korff, mais un grand gaillard d'une quarantaine d'années aux tempes grises, au teint coloré, à la cravate un peu agaçante. D'une brève inclinaison du buste, il présenta ses civilités.

Hilde le dévora des yeux et ne put articuler un mot.

— Je m'appelle Lomer, Martin Lomer, dit-il.

Alors, tout à coup, la résistance nerveuse de la jeune femme se brisa. Elle n'eut plus ni peur ni émotion. Un calme inconnu la submergea. Il lui semblait bien que la visite de cet étranger n'était pas prévue dans le plan initial, mais puisqu'il était là, qu'Anton Korff, ou le destin, ou Dieu sait quoi, l'avait mis sur sa route, l'inconnu ne pouvait être qu'un allié. D'un geste machinal, elle lui désigna un siège ; mais l'homme resta debout, son chapeau à la main.

— Je me présente peut-être un peu tôt alors que vous devez être fatiguée par le voyage ?

Puis ses yeux, qui l'avaient vu dès l'entrée, accrochèrent le vieillard et le détaillèrent.

Hilde se détourna légèrement et le regarda aussi.

À pas lents, il s'approcha de la silhouette immobile, s'arrêta face à elle et la considéra un long moment, puis d'une voix douce demanda :

— Pourquoi ne lui avez-vous pas fermé les yeux ?

Hildegarde haussa les épaules, cela avait si peu d'importance.

Elle aurait voulu parler, mais, bloquée au point mort, sans lien entre sa volonté et son physique, elle flottait à la dérive dans un élément inconnu, rêve ou sommeil, avec une inconsistance d'algue. Peut-être un peu plus tard pourrait-elle réagir, mais pas maintenant, pas avec cette horrible sensation d'impuissance et de neutralité.

Un très long moment s'étira dans le silence. L'homme, les mains croisées, se balançait sur les talons d'avant en arrière. Les yeux dans le vague, il ne semblait fixer aucun point précis. La jeune femme ne songeait pas à l'interrompre. Le temps passa. Enfin il arrêta son manège, détailla à nouveau le vieillard, puis lui ferma les paupières et laissa un instant sa main sur son front.

Il revint vers Hildegarde.

— Depuis quand êtes-vous à New York, madame Richmond ?

— Hier après-midi. Nous avons débarqué hier soir.

— Et cela est survenu à quel moment ?

— Sur le bateau.

— Qu'a-t-il eu ?

— Une attaque, je suppose.

— Puis-je vous demander pourquoi vous avez dissimulé sa mort ?

Il fallait répondre. Cet homme à l'air ni méchant ni hostile était sans doute le médecin dont Anton Korff avait parlé. Il avait besoin de détails pour délivrer un permis d'inhumer en bonne forme. Tout cela, Hildegarde le pensa vaguement, mais ses lèvres ne bougèrent pas et aucun son n'en sortit.

Il se mit à tourner en rond comme elle l'avait fait quelques moments plus tôt.

À nouveau, il parla.

— Je veux vous aider, madame Richmond, mais il faut répondre à mes questions. Les faits sont graves et les détails de la plus grande importance. Qui est au courant de la mort de votre mari ?

— Personne.

— Qui vous a aidé à le transporter ?

— Des domestiques, un chauffeur.

— Ils savent donc qu'il est mort ?

— Non, ils ne s'en sont pas aperçus.

— Comment pouvez-vous l'affirmer ?

— Je n'aurais pu autrement arriver ici et y demeurer.

— Très juste. Quelqu'un attaché à son service l'a-t-il approché depuis votre arrivée ?

— Personne n'est entré dans cette chambre depuis hier soir.

— Comment avez-vous réussi à éviter qu'on ne lui adresse la parole ?

Elle n'eut qu'un haussement d'épaules.

— Cela semble à peine croyable !

— Mon mari, infirme, ne pouvait se déplacer sans sa chaise roulante. Son caractère particulier rendait cette entreprise non pas facile, mais réalisable.

— Mais qu'aviez-vous l'intention de faire en transportant ce cadavre ?

— Cela ne vous regarde pas.

Il la dévisagea pour voir si elle jouait la comédie. Hildegarde ne cilla pas sous l'examen.

Il attira une chaise et vint s'asseoir face à elle.

— Puis-je vous demander, madame Richmond, pourquoi vous m'avez fait entrer ?

— Je ne vous attendais pas.

— Alors, qu'attendiez-vous ?

— Mon père.

— Le nom de votre père ?

— Anton Korff.

— Qui est Anton Korff ?

— Allez-vous cesser toutes ces questions ?

— Mais il faut y répondre, madame Richmond. Votre père était donc au courant de la mort de votre mari ?

— Mais non, c'est pourquoi je l'attendais, pour qu'il me dicte ma conduite.

— Alors pourquoi m'avez-vous fait entrer, moi, qui ne suis pas votre père ?

— Parce qu'il devait passer ce matin, je n'attendais personne d'autre.

— Je vois. Vous ne voulez toujours pas dire pourquoi vous avez amené votre mari mort ici ?

— Je ne peux pas répondre.

— Et que comptez-vous faire maintenant ?

— Cela dépend de vous.

— De moi, comment cela, de moi ?

— Je ne sais pas. Je ne sais plus. Il faut vous en aller. Je suis fatiguée. Tout cela a été difficile. J'ai vraiment besoin de repos.

L'homme sembla se rembrunir.

— Je dois vous avertir que l'amnésie reste une solution bâtarde, cette attitude ne tiendra pas devant l'examen un peu approfondi d'un docteur pas plus que la folie simulée qui ne pourra passer que pour une attitude suspecte.

— Sincèrement, je ne comprends rien à ce que vous dites. Comment avez-vous pu entrer dans cette chambre ? Qui vous a fait venir ? Qui êtes-vous ?

— J'ai le regret de vous demander de ne pas quitter cette maison. Cette affaire n'est plus de mon ressort. Je dois avertir la brigade criminelle.

— Qui êtes-vous ?

— Martin Lomer, inspecteur, attaché au 8e district.

La chambre se mit à tourner. Les murs basculèrent. Cramponnée au montant du lit, elle réussit à ne pas tomber. Une voix de femme, sans doute la sienne, demanda :

— Pourquoi êtes-vous là ?

— Je n'y suis pas à titre officiel, mais vu la tournure des événements, je suis obligé de prévenir mes supérieurs.

— Pourquoi êtes-vous venu ?

— Votre attitude, hier soir, a semblé bizarre au chauffeur et celle de votre mari davantage. Venant prendre les ordres ce matin, il a trouvé l'atmosphère de la maison anormale. Il m'a passé un coup de fil. À l'occasion, il nous rend certains services.

Hildegarde, les jambes fauchées, se laissa tomber sur le lit.

— Comment se fait-il, madame, que vous n'ayez pas averti les autorités de la mort de votre mari ? Pourquoi circulez-vous avec son cadavre ? Comment espériez-vous vous tirer de cette situation ?

— Je vous interdis de me poser toutes ces questions.

— Exact, je suis pas mandaté pour le faire, mais les inspecteurs de la criminelle n'auront sans doute ni ma patience, ni ma bonne volonté.

— Je n'ai pas à discuter avec vous. Je veux un avocat.

— Je vous conseille même d'en prendre plusieurs, ce ne sera pas superflu. Puis-je téléphoner ?

— Non.

— Ne voulez-vous pas comprendre que vous vous faites un tort considérable en agissant de manière aussi saugrenue ? Je ne vous pose pas ces questions à titre personnel mais je représente la justice, la loi, par conséquent, vous devez vous y soumettre et me répondre. Si votre histoire est plausible, aucune raison de vous inquiéter.

Il y eut un très long silence. Martin Lomer, les mains dans les poches, regardait Hildegarde qui semblait avoir perdu tout son sang-froid. Elle ne cessait de l'épier en se mordant les lèvres.

— J'ai de l'argent, commença-t-elle, beaucoup d'argent, beaucoup plus que vous n'en gagnerez jamais dans la police.

— Je vous arrête tout de suite et vous donne un bon conseil. Occupez-vous immédiatement de trouver un bon avocat, avant d'avoir accumulé toutes les gaffes irréparables.

— Quelles gaffes ? De quoi parlez-vous ?

— De la corruption de fonctionnaire, entre autres.

Nerveusement, elle se mit à sangloter, déchirant son mouchoir par petits coups de dent rageurs.

— Puis-je téléphoner ?

— Je suis si fatiguée. Pour la première fois de ma vie, je me trouve aussi lasse. Je ne sais pas ce qui se passe dans ma tête ; mais les idées ne s'enchaînent plus. Je ne comprends plus. Je ne sais plus rien.

Il la regardait, dubitatif.

— Pas le moment d'être malade, madame Richmond. Les gars de la criminelle ne vont pas vous laisser beaucoup de loisirs. Si vous voulez vraiment vous reposer, dites-leur rapidement toute la vérité, sinon vous n'êtes pas près de dormir dans un lit. Suivez mon conseil, croyez-moi.

— Mais pourquoi me parlez-vous ainsi, je ne suis pas coupable.

— Moi, je veux bien ; mais il faudra le prouver.

— Je ne l'ai pas tué !

— Qui vous parle d'assassinat ?

Elle se précipita sur Karl Richmond, tomba à genoux devant son fauteuil.

— Karl, il faut m'aider. Je ne comprends rien, tout allait si bien. Cet homme doit partir. Dites-lui de s'en aller.

Martin Lomer la prit aux épaules et fermement la fit asseoir.

— Restez tranquille, vous avez eu un sang-froid exceptionnel pour l'amener du bateau ici :

tâchez d'en retrouver un peu pour répondre aux questions que l'on va vous poser.

— Ne me quittez pas.

— Il n'y a pas de danger.

Et, en haussant les épaules, il se dirigea vers l'interphone. Il fut branché sur l'extérieur, alors il put demander qu'on lui passe, en priorité, Sterling Kane, inspecteur principal chargé des affaires criminelles de la ville de New York.

11

Ils arrivèrent à peine un quart d'heure après que Lomer eut raccroché.

En quelques secondes, la somptueuse chambre du milliardaire ressembla à un champ de foire. Les inspecteurs en civil, mêlés aux plantons en uniforme, envahirent la pièce. Les hommes du service anthropométrique sortirent leur flash et criblèrent de photos la jeune femme et le cadavre.

Deux policiers, matraque à la main, gardaient la porte d'entrée. Le médecin légiste, le stéthoscope autour du cou, auscultait le vieillard. Deux infirmiers en blanc attendaient auprès du fauteuil. Des inconnus fouillaient la pièce, examinaient le sac de la jeune femme, collaient des étiquettes sur des objets. Quelqu'un avait annexé le téléphone.

L'inspecteur principal, assis à une table que l'on avait débarrassée à la hâte, consultait des dossiers, entouré de Lomer et d'un autre inconnu.

Tout le monde paraissait affairé, nerveux. Personne ne prêtait attention à Hildegarde. Un curieux sentiment s'empara d'elle. Alors que ses mains tremblaient et que la panique l'habitait tout entière, elle ne pouvait assembler ses idées : grisée comme ces petites provinciales prises, par hasard, dans l'affolant charivari de Coney Island. Tous ces événements lui semblaient sans consistance et sans réalité. Tout avait eu lieu trop vite.

Elle ne s'adaptait pas à une tension nerveuse trop intense.

Quelqu'un la prit par le bras et la fit se lever. Docilement, elle obéit et alla s'asseoir sur la chaise qu'on lui désignait, face à l'inspecteur.

— Je vous envoie mon premier rapport ce soir, après l'autopsie, dit celui qui devait être le médecin légiste.

Hildegarde n'assimila pas. Elle regarda curieusement le fauteuil de son mari que les infirmiers roulaient hors de la pièce. Elle faillit leur signaler qu'ils oubliaient son chapeau, mais le remue-ménage causé par la sortie du cadavre l'en empêcha. Elle cligna dans la lumière des flashs et ne pensa pas à cacher son visage pour les photos.

Subitement la pièce se trouva presque vide. Les hommes en uniforme sortis, ainsi que le médecin et les infirmiers et ceux du service anthropométrique et les photographes, elle restait seule, face aux trois hommes : l'inspecteur principal, Martin Lomer et cet autre qu'elle ne connaissait pas encore.

Pour la première fois, Sterling Kane la regarda. Il croisa ses mains, appuya ses coudes sur la table et prit tout son temps pour bien l'observer.

De son côté, elle le détailla.

Il devait avoir cinquante ans, il avait cette force un peu alourdie des anciens sportifs qui les fait souvent passer pour des gros, des cheveux courts grisonnants, un teint assez haut en couleur, des yeux petits et vifs.

Une alliance d'or s'incrustait dans son annulaire. Il avait sûrement forci depuis qu'il la portait. Peut-être même ne pouvait-il plus la retirer. Et cela faisait combien de temps qu'elle était là ? Quinze ans ? Vingt ans ?

Sa voix tout à coup la surprit, douce et amicale. Hildegarde concentra son attention, mais seuls les derniers mots la frappèrent.

— ... Dire pourra être retenu contre vous.

À nouveau ce trou dans sa mémoire et un mot que son inattention saisissait au hasard : « ... préférez avocat... »

Elle se mordit les lèvres en ravalant des larmes de rage. La situation devenait affreusement dangereuse. Il lui fallait toute sa tête et l'heure n'était plus au malaise. Plus tard, elle aurait le temps, mais pas à cette minute, pas pour ce qui allait suivre. Il lui fallait seulement un tout petit peu de sang-froid, un minimum d'attention et alors peut-être pourrait-elle se reposer.

Elle accrocha bien le regard de Sterling Kane et décida de lui faire confiance.

— Je voudrais une cigarette et un peu d'alcool.

Aucun des trois hommes ne bougea.

— Je vous en prie.

Elle ne put empêcher les larmes de sa stupide fatigue de lui voiler les yeux.

Martin Lomer alla à la porte, l'ouvrit et s'adressa à un des policiers en faction.

Sterling Kane sortit de sa poche un paquet de Lucky froissé et l'invita à se servir. Elle en prit une, gondolée, la massa doucement, la roula entre ses doigts pour lui redonner une forme, la tapota sur son ongle pour tasser le tabac. Ce petit travail concentra son attention. Les deux hommes la regardaient sans bouger. Enfin, elle la porta à ses lèvres. L'inspecteur lui donna du feu avec un briquet de l'armée. Martin Lomer revint avec une bouteille de scotch et un verre. Il l'emplit au tiers et jura entre ses dents parce qu'il avait oublié le soda.

— Sans importance, dit Hildegarde, je le prends toujours sec.

Aussitôt elle s'en voulut, persuadée qu'ils allaient la prendre pour une alcoolique. Elle saisit le verre et, d'un coup, avala l'alcool. Pendant une seconde, elle ne sentit rien, puis le miracle se produisit. La bienfaisante chaleur la pénétra, la noya, la submergea, sembla descendre à l'extrémité de ses doigts pour remonter vers son cœur et le faire battre à nouveau plus vite, mieux, tandis que ses idées redevenaient nettes et que son intelligence se remettait à carburer pour rattraper tout le temps perdu. La sonnette d'alarme enfin déclenchée la mettait sur ses gardes. Eux ne le savaient pas, mais elle profitait de ce tout petit répit qu'ils lui laissaient pour entrevoir les questions pièges et préparer ses réponses.

La détente ne dura pas.

— Vous sentez-vous mieux, madame Richmond ?

D'un signe de tête, elle fit comprendre que cela pouvait aller.

— Vous sentez-vous capable de répondre à quelques-unes de nos questions ?

Nouveau signe de tête.

— Depuis combien de temps êtes-vous mariée, madame Richmond ?

— Quelques mois.

— Combien pour être exact ?

— Eh bien, je ne sais pas, en juin dernier ou en juillet, je crois. J'aurais du mal à préciser.

— Curieux pour une jeune mariée, ne croyez-vous pas ?

— Cela s'est passé en mer. Nous naviguions déjà depuis quelque temps. Je n'avais aucune raison de reconnaître les jours d'une manière formelle.

— L'avantage des vacances, bien sûr !

Mais elle comprit qu'il n'approuvait que pour la mettre en confiance. Elle en voulut la preuve et soudain lui demanda :

— Quand vous êtes-vous marié, inspecteur ?

— Le 4 avril 1938, un mardi. Il a plu toute la journée, sauf de trois à cinq où on a fait des photos.

Hilde baissa le nez. Elle n'avait pas besoin de cette réponse pour savoir qu'il venait de marquer un point.

— Comment avez-vous connu M. Richmond ?

— Par une agence qui demandait une garde-malade et qui m'a envoyée sur son yacht.

— Vous connaissiez la fortune de M. Richmond ?

— Je m'en suis rendu compte très rapidement.

— Pourquoi avez-vous transporté le cadavre de votre mari de son yacht à sa maison ?

Hilde le regarda. Il n'élevait pas la voix. Il dévidait ses questions sans leur attacher d'importance, faisant un balancier d'un crayon entre ses doigts. Ses petits yeux vifs ne la quittaient pas.

— Je vous écoute, dit-il doucement.

— Je préfère ne pas répondre.

Elle pensa qu'il allait protester, mais il acquiesça d'un sourire.

— Avez-vous déjà été mariée ?

— Non.

— Avez-vous des enfants ?

— Non.

Elle ne comprenait rien à ces questions. Les posait-il pour la dérouter ou ces détails en dehors du sujet avaient-ils de l'importance pour lui ?

— Qu'aviez-vous l'intention de faire du cadavre de votre mari ?

— Je ne sais pas.

— Curieux, ne trouvez-vous pas, madame Richmond, de prendre tant de risques pour convoyer un cadavre et tout cela sans idées préconçues, sans plan établi.

Elle essaya de sourire.

— Et personne à bord ne s'est aperçu qu'il était mort ? Vous ne répondez pas. Il est vrai que ma question est superflue. Vous ne pouviez acheter le silence d'un équipage entier et il y a tant de gens qui ne sont pas en règle avec la police et à qui, moyennant quelques petits services, nous accordons... disons notre indulgence ; donc si personne ne nous a rien dit, c'est que personne n'a rien vu, ce qui m'oblige à penser que vous êtes une remarquable comédienne, douée d'un sang-froid tout à fait exceptionnel car votre mari passait difficilement inaperçu, et pour camoufler sa mort... depuis quel jour exactement ?

— Je n'ai rien dit.

— Je le saurai de toute façon ce soir par le rapport du médecin légiste. Donc, pour escorter un homme mort au milieu d'une foule de curieux et la berner aussi magistralement, il faut avoir affaire à une femme d'une personnalité peu commune, vous en conviendrez. Si ce chauffeur n'avait pas fait preuve d'un peu d'initiative en nous alertant, personne n'aurait rien soupçonné et votre plan aurait abouti. Vous ne voulez toujours pas nous le révéler ?

De la tête, elle fit signe que non, puis, comme le mégot de sa cigarette lui brûlait les doigts, elle l'écrasa dans un cendrier.

— Avez-vous de la fortune personnelle, madame Richmond ?

— Aucune.

— Quel âge avez-vous ?

— Trente-quatre ans.

— Êtes-vous américaine ?

— Non, allemande.

— Félicitations, vous parlez admirablement anglais. Êtes-vous déjà venue en Amérique ?

— Non, c'est la première fois.

— Pourquoi avez-vous tué votre mari ?

Hildegarde, bouche ouverte le regarda, se demandant si elle avait compris, puis à goulées brèves essaya d'avaler un peu d'air et se mit à crier.

— Mais je ne l'ai pas tué ! Je vous jure que je ne l'ai pas tué !

L'inspecteur lui fit signe de se rasseoir.

— Ne vous énervez pas, madame Richmond. Ce n'est qu'une question en l'air car tant que je n'ai pas le rapport du coroner, personne ne peut encore savoir si votre mari a été assassiné.

Et avec un bon sourire il ajouta :

— Cela me semble logique, pas à vous ?

Elle se rassit et reprit son calme avec difficulté, sans le regarder, elle déclara :

— Je ne parlerai plus maintenant qu'en présence de mon avocat.

Alors Sterling Kane rangea le crayon dans sa poche, prit une cigarette au paquet qu'il avait sorti tout à l'heure, la mit entre ses lèvres, l'alluma à son briquet et dit en conclusion à la jeune femme :

— C'est votre droit. Vous avez raison d'en user, mais chacun son métier, n'est-ce pas ? Moi, le mien me porte à penser que si vous avez besoin d'un avocat, votre vérité n'est pas facile à présenter.

— Je ne l'ai pas tué.

— Bien que vous n'ayez pas l'air d'y croire, il a pu mourir naturellement dans son lit, mais alors l'erreur est de ne pas l'y avoir laissé.

Sur ce, il se leva et sans un regard quitta la pièce.

Les deux autres qui n'avaient rien dit depuis le début de l'interrogatoire s'approchèrent de la jeune femme et lui firent signe de les suivre. Instinctivement, elle se recula.

Martin Lomer, qui semblait avoir pitié d'elle, lui dit :

— Mieux vaut dormir là-bas. Les journalistes au moins vous ficheront la paix.

N'importe comment, elle n'avait pas le choix. Et chacun la prit par un bras. Elle ne pensa pas à protester bien que cela lui semblât insolite. Quand ils ouvrirent la porte, elle comprit.

Le personnel, curieux et désœuvré, se tenait massé dans le hall.

Quand elle fendit leur groupe pour gagner la porte, elle surprit les réflexions désobligeantes des femmes de chambre qu'elle n'avait jamais vues. Le chauffeur goguenard la regarda passer. Elle sut gré à Barnes de n'être pas là pour l'hallali ; mais ce n'était rien en comparaison de la populace qui l'attendait dehors.

La nouvelle avait dû fuser comme une traînée de poudre, car la demeure de Karl Richmond, bien que située dans un quartier résidentiel, attirait maintenant une foule hétéroclite qui voulait un spectacle sans savoir de quel ordre il serait.

Des jeunes gens grimpés sur les grilles essayaient d'apercevoir quelque chose à travers les arbres du parc. Des gosses pleurnichaient, lassés d'attendre. Des amoureux ravis profitaient de leur isolement dans la foule. Des femmes parlaient, inventaient, calomniaient, péroraient, rêvassaient et donnaient une âme à cette grande masse inactive et docile.

Quand Hildegarde parut, ses deux gardes du corps ne furent pas inutiles. La foule, tout de suite, avait compris que là résidait le gros du spectacle. Les premiers rangs en marée montante se resserrèrent autour des deux hommes et de la femme. Sur les visages, près d'eux, une curiosité un peu stupide, un ennui morne aussi... Tous les yeux convergeaient vers Hildegarde. Dans un pesant silence, une femme éleva son gosse au-dessus de sa tête et lui dit, s'adressant à la foule :

— Tiens, regarde, une putain qui tue son mari pour de l'argent !

Alors ce fut le signal. Des vociférations montèrent des derniers rangs qui ne voyaient rien. Des poings se tendirent. Toute une haine populaire, latente et sans objet, trouva sa pâture et s'en régala. Ce ne fut plus autour de Hildegarde que visages menaçants et poings tendus. Tous ces gens qu'elle n'avait jamais vus et ne reverrait pas se trouvaient soudain unis et solidaires pour la haïr.

Les deux inspecteurs se replièrent sur elle en bouclier. De la limousine noire de la police sortirent deux malabars qui, faisant tournoyer leur matraque autour de leur poignet, se frayèrent un chemin au-devant de Hildegarde et de ses deux acolytes. Ils n'étaient pas arrivés quand elle reçut, à toute volée, un coup de sac à main d'une femme au premier rang, qui, les yeux hors de la tête, lui vociférait dans la figure :

— Salope ! Attrape, salope !

La mégère paraissait assouvir une vengeance personnelle contenue depuis des années.

Hildegarde, terrorisée, ne comprenait rien à ce nouvel aspect des événements. Ces mêmes hommes qui, tout à l'heure, la cernaient de leurs questions et allaient recommencer demain, et après-demain et tous les autres jours jusqu'à une issue satisfaisante pour eux, étaient devenus maintenant ses meilleurs défenseurs. Sans leur appui et leurs larges épaules qu'ils offraient aux coups, elle aurait été lynchée sans autre raison que de faire passer le temps à une foule désœuvrée et hostile.

Les deux colosses gagnaient du terrain et leurs uniformes, autant que leurs carrures et leurs matraques et leur air de bœuf buté et téméraire, forçaient l'admiration de la foule, la domptaient, la calmaient, la séduisaient. Peut-être, avec un peu plus de temps, n'aurait-elle pas résisté à les porter en triomphe.

Les deux troupes se rejoignirent. Hildegarde, bien calée entre les quatre hommes, ne reçut plus de coups, à peine quelques injures. Déjà, environnée par ces beaux spécimens de mâles américains, elle présentait moins d'intérêt. La portière s'ouvrit. Elle s'engouffra dans la limousine, toute tremblante, éperdue de reconnaissance pour ses chevaliers. Mais ils ne la regardèrent pas. La corvée finie, ils se calèrent dans le fond à ses côtés et, tandis que la voiture démarrait, Martin Lomer demanda :

— Alors qui est challenger de LaMotta ?

12

Le lendemain, l'interrogatoire reprit. Sterling Kane le dirigea derrière son bureau, dans son cadre empreint d'une atmosphère toute particulière.

Hildegarde le sentit dès qu'elle y fut amenée. Les événements avaient évolué et apparemment pas à son avantage. L'enquête avait commencé en dehors d'elle. Pendant tout le temps où elle avait dormi, assommée de fatigue, les nerfs brisés, les autres, patiemment, avaient dû retrouver des fragments du puzzle et ils attendaient qu'elle leur en donnât la clé.

De nouveaux visages la détaillaient, sans parti pris, avec une lourde indifférence. Elle sentait le terrain miné et ne savait comment l'aborder. Ne connaissant personne à New York, elle avait accepté qu'on lui désignât un avocat d'office. C'était lui sans doute qu'on attendait, mais elle ne lui dirait rien avant d'avoir vu Anton Korff et d'avoir décidé avec lui de la conduite à tenir. Complice dans cette affaire, cet homme de ressources tirerait rapidement sa partenaire de ce guêpier. Sans doute y aurait-il une caution à verser, mais il se porterait garant. Il suffirait d'éluder toute question épineuse jusqu'à son arrivée.

Un cadre de cuir contenant des photos reposait sur le bureau de Sterling Kane. Une envie fébrile de voir ces photographies la saisit ; sans doute sa femme et ses enfants, peut-être même ses petits-enfants. Il lui semblait que de voir le visage de ceux qui faisaient l'intimité de cet homme lui apprendrait sur lui tout ce qu'il fallait en savoir. Pourtant, elle n'osa se lever de sa chaise pour se pencher sur le bureau.

La porte, une fois de plus, s'ouvrit et un homme élégant entra, serra la main de l'inspecteur principal, salua quelques subalternes et vint s'asseoir aux côtés de la jeune femme.

— Ne craignez rien, dit-il, je suis votre avocat.

Mais il se désintéressa d'elle pour se plonger dans sa serviette et en sortir une foule de documents qu'il se mit à annoter.

Hildegarde se sentit encore plus seule qu'avant son arrivée.

Elle n'aurait jamais imaginé qu'une enquête de police se passât dans une atmosphère aussi débraillée, au milieu des allées et venues, interrompue par d'incessants coups de téléphone.

Que venait-elle faire là-dedans ?

Que venait faire ce personnage qui se prétendait son avocat ?

Au milieu du brouhaha, un inspecteur inconnu lui demanda :

— Vos noms, prénoms, âge et qualité ?

Elle regarda sans comprendre ce nouvel arrivant.

Son avocat se pencha vers elle et lui conseilla :

— Répondez, ce n'est que de la paperasserie. Il y a longtemps qu'ils ont votre livret de famille et tous les renseignements qu'il contient.

Hildegarde, alertée, décida de ne pas faire mention de son nom de Maëner sous peine de dévoiler les raisons de son adoption et de son mariage.

Hambourg était loin et de plus avait essuyé trop de bombardements pour qu'il fût possible d'y tenter une vérification.

— Répondez, encouragea l'avocat.

— Hildegarde Richmond. Trente-quatre ans. Veuve de Karl Richmond.

À son grand étonnement, on ne lui posa aucune autre question. Un policier, fort courtoisement, la pria d'apposer ses empreintes digitales sur une feuille à en-tête et lui tendit un chiffon pour s'essuyer les doigts.

Hildegarde n'était pas une imbécile et avait prouvé être capable de courage, mais tous ces événements lui échappaient, l'incohérente façon d'agir des gens qui ne cessaient d'aller et venir, remplacés sans cesse par de nouveaux visages ; ce Sterling Kane qui semblait prendre son affaire en main, puis l'ignorait, la questionnait, s'occupait d'autre chose, revenait à son cas, s'en désintéressait à nouveau. Tout cela laissait la jeune femme désemparée, maladroite et inquiète.

Du temps passa. Tous les gens présents dans le bureau déployaient une énergie active. Tous semblaient savoir ce qu'ils faisaient. Tous, sauf elle, assise, en transit, attendant qu'on veuille bien la questionner. Peut-être était-ce voulu ? Peut-être voulait-on briser sa résistance.

Enfin, après que ses nerfs l'eurent portée à toute extrémité, que l'affolement eut fait place à un abattement morne, le bureau se trouva à peu près silencieux, débarrassé de tous les importuns. Le téléphone se tut.

Sterling Kane redevint le personnage central, imposant, lourd, sans trace d'intelligence supérieure, juste un brave fonctionnaire sans imagination qui vivait dans la routine.

Un homme, face à la fenêtre, le dos au bureau, enfila une feuille blanche dans sa machine à écrire, sans doute pour faire office de greffier.

L'avocat rangea ses documents, consulta sa montre, puis attendit.

Dehors, loin au-delà de la fenêtre, une femme étendait du linge à sécher sur un toit. Seule Hildegarde la vit.

— Madame Richmond, commença l'inspecteur, pouvez-vous nous dire pourquoi vous avez épousé un vieillard impotent ?

— Je m'oppose, interrompit l'avocat.

— Je voudrais vous demander une faveur.

Hildegarde, gênée, ne sut comment s'expliquer tandis que tous la regardaient parce qu'elle troublait l'ordre établi.

— Excusez-moi.

Et elle se tourna vers l'avocat.

— J'ai sans doute tort, mais je préférerais n'avoir personne qui se charge de mes intérêts, du moins pour le moment.

Après un instant de stupeur, l'avocat, vexé, se leva.

— J'étais là pour vous aider, peut-être vous en apercevrez-vous trop tard. Sincèrement, je ne vous le souhaite pas.

Après un bref coup de tête à la ronde, il sortit.

Il y eut un peu de flottement et la jeune femme crut bon d'expliquer.

— Il me gênait.

Le greffier se retourna et la dévisagea curieusement.

— Madame Richmond, vous m'avez bien dit hier que vous aviez fait connaissance de votre mari par une agence qui vous a envoyée à bord comme garde-malade ?

— Exact.

— Et vous n'aviez jamais entendu parler de lui, avant ?

— Non.

— Comment expliquez-vous ce miraculeux hasard qui vous a mise en présence de votre père dès votre arrivée ?

— Je ne comprends pas.

— Ma question est pourtant claire. Vous êtes bien la fille d'Anton Korff ?

— Oui.

— Et vous ne saviez pas qu'il était à bord ?

— Non.

— Curieux ! Autre chose vous saviez que Karl Richmond n'avait aucun héritier direct et que sa fortune vous reviendrait si vous l'épousiez ?

— Vous posez mal les questions. Vous me donnez une attitude préméditée alors que rien ne s'est passé ainsi.

— Les subtilités seront pour plus tard, madame Richmond. Pour l'instant nous n'en sommes qu'à établir des faits. Je saurai faire la part des choses si vous voulez bien répondre à mes questions. Sous quel nom vous êtes-vous présentée à bord du yacht ?

— Pourquoi me demandez-vous cela ?

— Pour voir ce que vous me répondrez. Je dois vous avertir, puisque vous n'avez plus d'avocat, que toutes vos réponses sont enregistrées, que vous les parapherez et que nous les vérifierons ; aussi votre intérêt n'est pas de jouer au plus fin. Sous quel nom donc, vous êtes-vous présentée ?

— Maëner, Hildegarde Maëner.

— Je vous remercie, madame Richmond.

— Quand verrai-je mon père ?

— Très bientôt, je suppose. Nous avons été à son appartement mais il n'y est pas passé. Il est parti directement par avion pour la Floride, le saviez-vous ?

— Je ne pensais pas qu'il partait si tôt.

Sterling Kane la regarda fixement un instant et poursuivit :

— Il sera bientôt de retour. Il changera d'avion à la première escale.

— Pourrai-je le voir aussitôt ?

— Naturellement, mais avouez que cette affection filiale est plutôt surprenante, car vous l'avez assez peu vu en trente-quatre ans ?

— La guerre nous a séparés.

— La guerre n'a éclaté qu'en 1939.

— Pourrais-je avoir une cigarette ?

Un inconnu, dont la présence ne semblait pas se justifier, lui en offrit une et lui donna du feu.

— Votre mari se portait bien ?

— Oui, il me semble.

— Je veux dire, à part cette paralysie, il ne souffrait d'aucun malaise ?

— Je ne pense pas, bien que, quand je l'ai connu, il souffrît d'une espèce de tumeur à l'œil.

— Mais non, madame Richmond, juste un bobo, mais en vieillard trop gâté, il lui a donné de l'importance.

Hildegarde ne répondit pas.

— Connaissiez-vous les dispositions testamentaires de votre mari ?

— Non.

— En avez-vous parlé avec lui ?

— Jamais.

— Quels étaient vos rapports avec votre père ?

— Normaux, que voulez-vous dire ?

— Simple curiosité, mais il est si surprenant pour vous de l'avoir retrouvé subitement après tant d'années que l'on est en droit de se demander la nature de vos sentiments mutuels ?

La jeune femme ne répondit pas.

— Pouvez-vous nous dire, madame Richmond, pourquoi, alors que vous ignoriez la présence à bord de votre père, vous vous êtes présentée sous un faux nom ?

Hildegarde pâlit et tira nerveusement sur sa cigarette.

— Coïncidence, n'est-ce pas ? Mais vous avez intérêt à me dire l'exacte vérité, sans quoi mon imagination peut m'amener à des conclusions tout à fait fâcheuses pour vous. Quand vous avez connu Karl Richmond, vous avez décidé de l'épouser aussitôt ?

— Ce n'était pas à moi de prendre cette décision.

— Allons donc, une jeune femme ravissante comme vous n'est pas en peine de manœuvrer un homme, surtout âgé.

— Mon mari n'était pas gâteux. Il ne faisait que ce qu'il avait décidé et personne n'aurait pu le faire changer d'avis.

— Je n'en doute pas. Son caractère difficile importunait son entourage, n'est-ce pas ?

— Je n'avais pas à m'en plaindre.

— Vous êtes sans doute la seule. Il se rendait odieux tant auprès de ses collaborateurs que de ses domestiques.

— Ce n'était pas mon problème.

— Non, bien sûr, mais cela prouve une personnalité plutôt virulente et difficile à supporter.

— Il y avait des avantages.

— En effet. Un mari âgé et fort riche présente de grands avantages pour une jeune femme ambitieuse.

— Mon mari aurait pu vivre des années.

— Alors pourquoi est-il mort ?

— Comment le saurais-je ?

— Cette discrétion de votre part me paraît bien troublante. Depuis votre arrivée, vous ne m'avez pas encore demandé le rapport du médecin légiste.

Hildegarde éteignit sa cigarette.

— En quoi me concerne la manière dont il est mort ?

— Détail, madame Richmond, mais qui a son importance : votre mari est mort assassiné.

— Pourquoi me dites-vous cela ?

— Curieuse réaction, qu'en pensez-vous ?

Hildegarde sentait bien qu'une bombe venait d'exploser, mais elle ne comprenait pas ce qu'elle avait à y voir. Personne ne disait plus rien. Le crépitement de la machine à écrire s'arrêta. La femme, là-bas, au-delà de la fenêtre, avait disparu. Son linge se balançait doucement dans le vent, parmi les antennes de télévision.

Enfin, un peu revenue de sa stupeur, elle réussit à demander :

— Assassiné, mais comment ? Et par qui ?

— Il me semble que nous sommes moins bien placés que vous pour répondre.

— Je ne comprends pas.

— Qui, selon vous, avait intérêt à la mort de M. Richmond ?

— Mais cela ne tient pas debout. Je n'avais aucun intérêt à le voir mort, puisque j'avais tout ce que je voulais de son vivant.

— Tout ? Vraiment ?

— Vous le savez, je n'avais rien avant de le connaître. Quand il m'a épousée, j'ai eu de l'argent. Que pouvais-je désirer de plus ?

— Vous n'êtes pas logique avec vous-même. Vous avouez froidement ne l'avoir épousé que pour sa fortune, ce qui dénote une nature intéressée et calculatrice ; d'autre part, à trente-quatre ans, pour une femme belle, riche et libre, je précise : libre, la vie propose une foule de tentations séduisantes qu'un vieux mari ne peut autoriser.

— Mais me supposez-vous assez stupide pour le tuer alors que je venais juste de l'épouser ?

— Notez bien que vous auriez des circonstances atténuantes, son odieux caractère, par exemple !

— C'est un horrible malentendu, mais je n'y suis pour rien. Il faut me croire.

— Bien sûr, bien sûr. Pouvez-vous me dire alors pourquoi vous l'avez transporté, mort, avec tous les risques que cela comportait du bateau à la maison ?

— Je ne peux répondre à cette question.

— Il faudra pourtant envisager de le faire tôt ou tard.

— Pourrais-je savoir de quelle manière mon mari a été assassiné ?

— Le poison. Vous conviendrez avec moi que c'est généralement une arme de femme.

— Ce n'est pas vrai.

— Malheureusement, le rapport du médecin légiste est formel. Il peut même préciser l'heure de la mort, qui ne sera pas sans vous intéresser. Elle a eu lieu dans la nuit du vendredi, entre trois et cinq heures du matin, ce qui laisse supposer que le poison aurait été absorbé entre neuf et dix heures du soir. Où étiez-vous à cette heure-là, madame Richmond ?

— Ce n'est pas moi, je ne l'ai pas tué !

— Je vous demande seulement de répondre à ma question. Où étiez-vous vendredi entre neuf et dix heures ?

— Avec lui, dans sa cabine, répondit Hildegarde accablée.

— A-t-il bu ou mangé quelque chose qu'on lui aurait apporté de l'extérieur en votre présence ?

— Je ne sais pas. Je ne m'en souviens plus.

— Réfléchissez bien, possible qu'un aliment empoisonné ait été apporté des cuisines.

— Toute cette histoire est un cauchemar !

— Malheureusement, vous y êtes mêlée et votre situation devient critique. Je veux bien vous aider mais il faut m'en donner les moyens. Avez-vous mangé ou bu ce dernier vendredi ?

— Il me semble. J'allais chaque soir dans sa cabine. Nous faisions des patiences. Un des Jamaïcains apportait toujours du vin ou des biscuits, parfois une tisane.

— L'a-t-il fait ce soir-là ?

— Je crois bien, oui.

— Qu'avez-vous bu alors ?

— Du vin, une espèce de porto ou du thé, peut-être.

— Quel goût avait-il ?

— Je n'ai pas fait attention.

— Et les gâteaux ?

— Comme les autres jours. Je n'ai pas fait de différence.

— Donc, vous avez mangé et bu comme votre mari ?

— Nous le faisions chaque soir, je viens de vous le dire.

— Oui, mais ce soir-là, il en est mort. Puisque votre santé ne nous donne aucune inquiétude, je dois en conclure que le poison ne venait pas de l'extérieur. Allons, madame Richmond, ne pensez-vous pas qu'il serait temps de passer aux aveux ?

Mais Hildegarde, sans répondre, glissa doucement de son siège et resta évanouie le visage contre terre.

13

Le lendemain, Anton Korff se présenta aux autorités dès sa descente d'avion.

Steling Kane le reçut dans son bureau et commença aussitôt l'interrogatoire.

— Monsieur Korff, vous étiez au service de M. Richmond depuis 1934, date à laquelle il vous avait engagé lors d'un congrès à Munich. Est-ce exact ?

— Exact.

— Comment êtes-vous entré en contact avec votre fille ?

— Par hasard. Elle s'est présentée un jour sur le yacht, alors que nous avions alerté plusieurs agences pour obtenir une garde. Je dois dire que je n'ai pas supposé un instant que cette demoiselle Maëner pouvait être ma fille. Il me semble encore que ce genre de situation relève du feuilleton populaire.

— Quand vous êtes-vous aperçu de votre parenté ?

— Au moment du mariage. Je me suis occupé des pièces nécessaires. Le mariage, pour être légal, devait être en règle. Mlle Maëner m'a révélé alors qu'elle s'appelait Korff et que cette coïncidence n'était pas due au hasard.

— Quelle a été votre attitude ?

— Elle n'a rien eu de romanesque, je dois le reconnaître. J'ai eu, comme tout homme, dans sa jeunesse, des aventures plus ou moins flatteuses. Cet enfant est née de l'une d'entre elles. Je l'ai reconnue mais ne m'en suis jamais occupé. J'ai d'ailleurs cessé de voir la mère assez rapidement. Peu après, ma vie, en croisant celle de Karl Richmond, a pris un relief qui m'a pleinement satisfait. Cette enfant n'a jamais été un problème.

— Je comprends, mais votre attitude quand vous l'avez rencontrée, elle, m'intéresse.

— La surprise a de beaucoup dépassé l'émotion. Puis j'ai été assez flatté d'être le père d'une jeune femme aussi séduisante et intelligente. Je m'y suis attaché, mais comme peut le faire un homme de mon âge qui n'est pas sentimental, mais plutôt égoïste.

— Votre fille vous a mis au courant des raisons qui l'ont poussée à prendre une fausse identité pour se présenter à votre patron ?

— Elle y a été obligée et je ne crois pas la trahir en vous le répétant. Si elle a agi comme elle l'a fait, la faute n'en revient qu'à moi. Je ne m'en suis jamais occupé. Elle a passé sa jeunesse dans un pays meurtri par la guerre. Si elle a voulu trouver un échappatoire à une vie sans avenir, personne n'a le droit de l'en blâmer. Je suis seul fautif.

— Je vous écoute, monsieur Korff.

— Hildegarde n'a fait que ce que font des milliers de femmes. Elle a tenté le beau mariage. Sa nature intelligente et ambitieuse lui a fait négliger les petites fortunes. Karl Richmond l'a intéressée à double titre, premièrement pour sa fortune, deuxièmement parce que j'étais, moi, son secrétaire. Elle a voulu m'étudier avant de me révéler son vrai nom et ses projets. Ne les aurais-je pas approuvés que je lui aurais accordé toute mon aide. Mon indifférence passée lui devait bien cette petite revanche.

— Complot adroit, monsieur Korff, mais M. Richmond avait peut-être son mot à dire. Vous avez l'air, à vous écouter, d'en avoir tous deux disposé comme d'un objet de bazar.

— C'est exactement, d'ailleurs, la façon dont il considérait les gens de son entourage. Plutôt agréable de lui rendre la politesse.

— M. Richmond fut-il mis au courant de cette tardive paternité ?

— Certainement pas. Ce genre de coup de théâtre, pour un vieillard méfiant, eût été d'un effet déplorable.

— Il n'avait pas l'air tellement méfiant puisqu'il a épousé une femme sur la personnalité de qui on l'a dupé.

— Cet excès de vérité ne profitait à personne, pas même à lui.

— Vous êtes donc devenu le manager de votre fille ?

— Vous introduisez là un côté compétition qui me semble plutôt déplacé. Ma fille était en âge de naviguer seule. Mon rôle d'éminence grise, puisque vous l'envisagez ainsi, n'a pu en rien influencer M. Richmond. J'ai pu tout au plus, par quelques conseils, éviter quelques agaçantes bévues. Secrètement, je dois le reconnaître, j'étais plutôt satisfait de la tournure que prenaient les événements et qui, si j'en avais eu, m'aurait ôté tout remords.

— Connaissiez-vous les dispositions testamentaires de votre patron ?

— Certainement, j'étais son collaborateur le plus direct.

— Pouvez-vous me donner quelques précisions ?

— Toute la fortune de Richmond allait à des œuvres au cas où il mourrait célibataire ; cette clause incluait qu'en cas de remariage l'héritage allait à la femme ou aux enfants, si nous ne nous trouvions précisément devant une impossibilité physique.

— Quelle était votre part dans les deux cas ?

— Inchangée. Je touchais un legs d'une vingtaine de milliers de dollars.

— Plutôt maigre pour un collaborateur aussi précieux ?

— Je n'ai jamais tablé sur la mort de M. Richmond mais sur sa vie. Je possède aujourd'hui une assez jolie fortune, grâce aux opérations financières qu'il m'a permis de réaliser sur ses propres transactions. Mon salaire de base n'a jamais été qu'un compromis, qui, vis-à-vis du fisc, nous arrangeait l'un et l'autre.

— Selon vous, monsieur Korff, qui a tué M. Richmond ?

— Je n'en sais rien. C'était un personnage despotique que seuls des gens intelligents pouvaient supporter par intérêt. Mais il s'entourait de domestiques assez frustes qu'il traitait en négrier. Peut-être une haine meurtrière pourrait-elle se justifier de leur part.

— Noble à vous, monsieur Korff, de détourner les soupçons au profit de quelque obscur lampiste, mais n'avez-vous pas l'impression que ce drame n'avait qu'un pivot : votre fille.

— Mais…

— Permettez. Vous l'avez décrite vous-même ; belle, jeune, ambitieuse et fabuleusement riche soudainement ; donc, normal qu'elle veuille goûter à toutes les joies dont la vie, jusqu'ici, l'avait frustrée.

— Dans la logique la plus élémentaire, on ne peut admettre que Hildegarde ait tué son mari. Je vous l'ai dit, elle est intelligente. Elle venait de l'épouser. Le monde entier avait les yeux fixés sur elle. C'eût été une bévue non envisageable.

— Normal que vous preniez sa défense.

— Mes sentiments paternels, je vous l'ai déjà dit, sont assez peu développés. Mais cette solution est par trop absurde.

— Pouvez-vous me dire pourquoi vous avez quitté si rapidement New York pour la Floride ?

— J'étais l'homme d'affaires de M. Richmond. Son intermède sentimental a retardé notre retour. J'avais d'importants marchés à conclure en son nom. Rien, au contraire, ne me retenait à New York.

— Curieux que vous n'ayez même pas pris le temps de passer chez vous !

— Cet appartement est une concession bourgeoise. Je l'ai installé pour le jour où je me retirerai des affaires. Je suis content de savoir que je l'ai et plus content encore d'avoir une activité qui m'en éloigne.

— Comment expliquez-vous, monsieur Korff, que votre fille se soit promenée avec le cadavre de son mari du bateau à sa résidence ?

— Je sais cela par la rumeur publique.

— Le médecin légiste peut le confirmer.

— Je ne répondrai pas à cette question tant que je n'aurai pas vu ma fille.

— Peut-être avez-vous une opinion ?

— Ce n'est peut-être qu'un malentendu. Je me refuse, pour l'instant, à en admettre la possibilité.

— Il va sans dire, monsieur Korff, que vous restez à la disposition de la justice.

— Je m'en doute. Quand pourrai-je voir Hildegarde ?

— Je vous ménagerai une entrevue demain.

— Puis-je lui envoyer un avocat ?

— Si elle l'accepte, oui.

— A-t-elle besoin de quelque chose que je puisse lui procurer ?

— De la chance, monsieur Korff, de beaucoup de chance, si vous savez où en trouver.

Sterling Kane tint parole et Hildegarde reçut la visite d'Anton Korff. Il la trouva déprimée et fut surpris du changement opéré en si peu de temps. Elle avait le regard craintif et se tenait recroquevillée sur sa chaise, les mains nouées sur le giron. Ses cheveux coiffés à la hâte en chignon laissaient échapper de longues mèches raides qui pendaient sur ses épaules. Elle semblait avoir froid et de brusques frissons la faisaient trembler.

— Il faut vous ressaisir, lui dit-il, rien de définitif ne s'est produit. J'ai les meilleurs avocats du pays. Nous allons obtenir une liberté sous caution très rapidement.

— Ils sont persuadés que je l'ai tué, dit Hilde en se tordant les mains. Qui a pu l'assassiner et pourquoi ?

— Ça, je n'en sais rien ou plutôt je suis persuadé qu'il s'agit d'une vengeance d'un des Jamaïcains, et cela devait arriver. Il les traitait si mal. Mais cela sera prouvé. Il faut que vous preniez sur vous. Réagissez. Vous semblez accepter votre situation.

— Pourquoi n'êtes-vous pas venu comme vous me l'aviez promis ? Je vous attendais.

— Je pensais que vous aviez un peu plus de sang-froid. Je vous avais bien recommandé de ne recevoir personne avant ma visite. Pourquoi ne m'avez-vous pas écouté ?

— Vous n'en finissiez pas d'arriver.

— Vous saviez que je faisais enregistrer le testament chez les notaires. Imaginez-vous que cela soit aussi facile que de remplir un mandat ?

— Quand Barnes m'a annoncé qu'un monsieur désirait me voir, j'ai cru qu'il s'agissait de vous.

— Et dans un cas aussi grave, vous n'avez même pas cherché à savoir son nom. Il fallait inventer n'importe quel prétexte et c'était tellement moins difficile que ce que vous aviez fait en le transportant.

— Ils veulent me coincer là-dessus. Ils me demandent sans cesse pourquoi je l'ai fait alors que je le savais mort. Que dois-je leur répondre ? Que puis-je leur répondre ?

— Ne vous affolez pas. Laissez-moi réfléchir. C'est le seul point dangereux de cette affaire, mais nous allons trouver une solution. Pensez que je suis pour vous, que mes intérêts sont liés aux vôtres et qu'à la moindre contestation sur la validité du testament je ne toucherai rien. Voilà, je pense pour vous, la meilleure garantie de ma bonne foi. D'autre part, des avocats, les meilleurs du pays, vont prendre l'affaire en main.

— Mais que dois-je répondre ? Ils me posent toujours la même question. Ils ne croiront jamais à mon innocence tant que je ne leur fournirai pas d'explication.

Anton Korff, absorbé, se mâchonnait les lèvres. Soudain, il leva la tête et prit entre ses mains les deux mains de Hildegarde.

— Il n'y a qu'une solution, dites-leur la vérité.

— Je ne comprends pas.

— Ils la découvriront tôt ou tard, autant que vous fassiez le premier pas pour en avoir l'avantage.

— Mais la vérité, quelle vérité ?

— Dites-leur que vous saviez que votre mari avait fait un nouveau testament en votre faveur et que si vous déclariez son décès avant que les pièces officielles ne soient enregistrées, ce testament serait nul et non avenu. Vous risquez une peine légère pour avoir dissimulé un cadavre, mais ce n'est qu'une faute mineure puisque vous ne l'avez pas tué. Tant que vous n'aurez pas avoué cela, ils vous croiront coupable.

— Mais ils vont vous arrêter aussi !

— Pas si vous ne me mettez pas dans le bain. Je peux agir pour vous tant que je suis libre, c'est pourquoi je ne me suis pas montré en arrivant. Dès que je vous ai vue flanquée de deux flics au milieu d'une populace grouillante, j'ai compris que tout se gâtait, j'ai pris le large. Il me fallait mes coudées franches pour agir. J'ai aussitôt pris l'avion pour la Floride comme je devais le faire parce que je savais que mon emploi du temps serait vérifié ; mais j'ai utilisé mes heures libres pour réunir de l'argent frais. Il n'y a pas que les avocats qui coûtent cher, les témoins viennent du petit peuple et ont le respect du dollar. Je m'en suis déjà assuré quelques-uns. Ne perdez pas votre sang-froid. Vous ne l'avez pas tué. Voilà l'important. Votre délit reste mineur, je vous le répète. Vous passerez pour une femme vénale, mais le fait que vous avez épousé un vieillard impotent vous a déjà donné cette réputation. N'importe comment, elle ne saurait vous nuire. Vous serez trop riche pour qu'on vous en garde rancune.

— Je ne sais pas quoi faire.

— Les journaux sont pleins de cette affaire. Les notaires vont croire de leur devoir d'alerter la police. Karl Richmond était un des hommes les plus riches d'Amérique. Battez-les d'une courte tête en parlant avant eux.

— Vous serez forcément mêlé à tout cela.

— Et pourquoi ?

— Ils me demanderont pourquoi j'ai laissé entrer l'inspecteur Lomer, je serai bien obligée d'avouer que je vous attendais.

— Votre gaffe me semble à peine concevable mais vous vous en tirerez en avouant la vérité. Vous avez dissimulé la mort pour être sûre de toucher l'héritage. J'étais chez les notaires. Je devais venir vous voir aussitôt après. Vous m'auriez alors mis devant le fait accompli. Étant votre père, je ne vous aurais pas trahie ; logique, non, s'il n'y a pas préméditation, il n'y a pas crime. Il y a faute, erreur, folie, toutes causes secondaires et faciles à plaider.

— Je ne sais pas quoi faire.

— Ne pouvez-vous retrouver un peu de cran ? Je vous ai connue plus courageuse. Des millions de dollars vous attendent ainsi que la liberté et les plus beaux garçons d'Amérique. Il s'agit de jouer serré, vous avez su le faire jusqu'ici, continuez. Et n'oubliez pas que la chose importante n'est pas que vous ayez transporté Karl Richmond, mais qu'il ait été assassiné.

— Ils sont persuadés que je suis coupable.

— Ils le seront tant que vous n'aurez pas d'explication valable à donner au transfert du cadavre. L'appareil policier représente une vaste machinerie admirablement organisée. Elle découvrira le coupable, l'arrêtera, le condamnera, ce qui détournera de vous l'attention en vous transformant en victime.

— Mais si j'avoue l'histoire du testament, je ne toucherai plus rien.

— Pourquoi croyez-vous que j'ai engagé les meilleurs avocats ? Si ce testament est contesté, le précédent demeure en vigueur. Tout se plaide, ma chère, et en arrosant qui il faut, au moment où il faut, il n'existe pas de problème insoluble.

— Je ferai ce que vous me dites.

— Bien, mais ne parlez pas trop. Tenons-nous tous les deux à la version de nos liens familiaux réels. Rien dans ce domaine ne peut être prouvé, ni contesté. Ne donnez pas à un jeune ambitieux l'occasion de faire trop de zèle ; nous pourrions alors nous trouver dans de mauvais draps et la mort de votre mari nous retomberait sur le dos sans que leur imagination veuille chercher d'autre coupable.

— Quand me relâcheront-ils ?

— Pour l'instant, vous êtes arrêtée sous l'inculpation inavouée d'assassinat. Expliquez-leur ce que je vous ai dit et votre détention devient arbitraire. Alors, nous demanderons une liberté sous caution.

— Merci de vous occuper de moi.

— Je vous l'ai dit au début, ma fortune dépend de la vôtre.

— Ne vous faites pas plus dur que vous n'êtes.

— La paternité comprend des devoirs, répliqua Anton Korff en souriant.

14

Cette visite fit du bien à Hildegarde. L'affolement du début l'avait maintenant quittée. Elle se rendait compte que le scandale demeurait inévitable, puisque Karl Richmond avait été assassiné. Son père adoptif avait raison, le vrai problème ne la concernait pas, il concernait l'assassin et, puisqu'elle ne trempait pas dans ce meurtre, elle n'avait rien à redouter. L'héritage, après quelques contestations, finirait par lui revenir, mais elle avait intérêt à jouer cartes sur table. L'opinion publique, alimentée sur trois colonnes par les quotidiens, cédait au mauvais goût populaire et la transformait en vamp-vampire des films allemands d'avant-guerre. Karl Richmond devenait un vieillard débile tombé entre ses griffes. Le fait qu'elle ait convoyé le cadavre la chargeait de tous les sadismes prêtés à son peuple. Hildegarde le savait mais ne comprenait rien à l'histoire d'assassinat greffée sur la sienne. Si seulement elle avait pu savoir que son mari n'était pas mort d'une attaque comme n'importe quel vieillard de son âge, elle aurait laissé les événements suivre leurs cours. L'assassin aurait été découvert et elle aurait pu conduire les obsèques en veuve honorable et respectueusement enviée.

Pourtant Anton Korff n'avait agi que dans leur intérêt et rien ne se serait passé si ce stupide moment de dépression ne lui avait fait tolérer l'intrusion de Martin Lomer. Heureusement que lui ne perdait pas la tête et envisageait aussitôt les solutions les plus rationnelles.

N'ayant plus rien à perdre, elle décida de tout dire mais ne put le faire ce jour-là, car Sterling Kane ne la convoqua pas.

Isolée dans sa cellule, elle fut absorbée par la lecture des journaux jusqu'au soir et, avec une reconnaissance émue, elle lut les déclarations solidaires et affectueuses de son père adoptif.

Le lendemain de très bonne heure, l'interrogatoire reprit. Hildegarde avait retrouvé son sang-froid maintenant qu'elle avait une ligne de conduite. Puisqu'ils voulaient des faits, elle allait leur en fournir et peu importait leur interprétation.

D'un pas assuré, elle pénétra dans le bureau, au décor et aux visages familiers. Ce redoutable point d'interrogation que pose l'inconnu s'effaçait. Elle avait enfin la sensation de se battre à armes égales sur un terrain découvert. Sterling Kane s'en aperçut-il ? En tout cas, il n'en laissa rien paraître, tout en lui offrant une cigarette de son paquet froissé.

Ce détail la fit sourire. L'assurance lui revenait. Après tout, il n'était qu'un homme comme les autres avec ses petites mains et ses soucis extra-professionnels.

— Comment vous sentez-vous aujourd'hui, madame Richmond ?

— Beaucoup mieux, je vous remercie.

— Je vous ai laissé un peu de répit pour comprendre que l'intérêt réside toujours dans la vérité.

— J'ai mis à profit cette sage mesure.

— D'autre part, une enquête de l'importance de celle-ci me prend pas mal de temps et d'hommes.

Votre détention ne dépend que de votre bonne volonté, je vous le rappelle. J'emploie la mienne à ne pas vous considérer coupable. Dans ce but, j'ai autorisé votre père à vous voir sans témoin.

— Je vous en remercie.

— Ce petit préambule pour vous rappeler que les faits vous sont, a priori, à charge.

— Je tiens à m'en expliquer.

Son air naturellement morose fit place, pendant un bref instant, à un étonnement sincère.

— Si vous le voulez bien, je vais vous raconter les événements tels qu'ils se sont déroulés.

— Nous sommes tous là pour ça.

— Eh bien… Mon Dieu, il me semble assez difficile de…

— Prenez tout votre temps. Peut-être, si vous nous racontiez les faits depuis le début, nombre de points obscurs s'éclairciraient d'eux-mêmes.

— Vous avez raison, bien sûr.

Et Hildegarde, comme il se doit, se racla un peu la gorge et repensa à tout ce que lui avait dit Anton Korff avant de commencer son récit.

— Je me suis présentée à bord du *Veinard* où Karl Richmond avait demandé une garde-malade.

— Étiez-vous infirmière ?

— Non, bien sûr, traductrice, je travaillais pour une grosse maison d'édition de Hambourg.

— Nous avons hélas moins besoin d'un récit que d'un témoignage et tous les détails doivent être clairs. Que faisiez-vous sur la Côte d'Azur ?

— J'y habitais depuis quelque temps.

— Aviez-vous résilié votre place ?

— Je prenais un congé.

— Continuez, je vous prie.

— Difficile à expliquer sans endosser immédiatement le mauvais rôle.

— Les gens à cette place, de l'autre côté de mon bureau, l'ont généralement. Nous ne sommes pas là pour vous juger, mais pour apprendre la vérité.

— Quand j'étais toute petite, ma mère me parlait de mon père et me disait qu'il avait réussi formidablement dans les affaires. Elle n'en avait des nouvelles que par les journaux quand on citait son nom après celui de Karl Richmond. La guerre venue, je me suis retrouvée seule, pauvre, avec un métier, mais pas d'argent et pas d'avenir, dans un pays en ruine, alors j'ai décidé de le retrouver pour qu'il s'occupe de moi. J'ai cherché un prétexte et en bavardant avec des fournisseurs du bassin des yachts, j'ai appris que mon futur mari cherchait une garde et je me suis présentée.

— Vous n'aviez alors aucune idée préconçue ?

— Non, je voulais entrer dans la place. Une fois dedans, j'ai voulu y rester. Vous voyez, je suis franche, je ne cherche pas le beau rôle.

— Continuez.

— Je voulais étudier Anton Korff quelques jours pour voir à quelle sorte d'homme j'avais affaire. Je ne savais vraiment pas ce que j'attendais de lui. Alors j'ai pris conscience que la chance pour moi ne serait pas mon père, mais son patron. Ce vieillard despotique restait au fond un pauvre homme malheureux à la recherche d'une amitié sincère. Je pouvais la lui offrir sans faire de concessions. Je n'avais qu'à demeurer moi-même. Je m'y suis attachée. Il serait absurde de ma part de parler d'amour, de la sienne aussi, je crois. Il n'en avait plus l'âge et je n'en n'avais pas le goût ; mais il a été parfait pour moi et m'a épargné les humiliations réservées à ses subalternes. Bref, un jour, il m'a proposé de l'épouser. J'ai accepté cette union, nulle physiquement et merveilleuse financièrement. L'argent, pour moi qui n'en avais jamais eu, représentait la chose la plus importante du monde ; voilà pourquoi je ne l'ai pas tué.

— Nous verrons cela plus tard. Parlez-nous d'Anton Korff.

— Nos rapports restaient courtois. Quand Karl Richmond décida de m'épouser, il me fallut des pièces officialisées par Hambourg. Je dus lui avouer la vérité. Cela se passa fort simplement et sans grandiloquence. Je lui racontai ma vie dans le détail et lui dis mon but en montant sur le bateau. Il décida aussitôt de devenir mon allié pour réparer les années gâchées. Il le promit et tint parole. Mon mariage eut lieu en mer. Étant donné l'infirmité de mon mari, sa notoriété et notre différence d'âge, nous étions convenus, d'un accord commun, d'éviter tout cérémonial.

— Je sais tout cela, madame Richmond. Ce qui m'intéresse ce sont les tout derniers événements relatifs à la mort de votre mari.

— Je vous jure que je ne sais rien à ce sujet, car si j'avais appris l'assassinat de Karl je n'aurais pas agi ainsi.

— Que voulez-vous dire ?

— Tout s'est passé si brusquement, si soudainement, que j'ai perdu la tête.

— Expliquez-vous.

— Quand je me suis mariée, Karl avait à prendre des dispositions testamentaires qui auraient exigé beaucoup de procédures pour me reconnaître légataire universelle, étant donné la fortune considérable de mon mari. À plusieurs reprises, mon père lui en a parlé, et ces tout derniers temps, juste avant d'arriver à New York, mon mari a rédigé un nouveau testament à mon profit qui annulait le précédent. Il a été fait en règle et devant témoins, mais n'était pas encore enregistré. Il devait l'être à New York, en arrivant.

— Et alors, madame Richmond ?
— Alors mon mari mort, je me suis affolée.
— Pas tellement, il me semble, puisque personne n'a constaté ce décès.
— Je vous dis la vérité, si vous la contestez, inutile de poursuivre.
— Nous verrons cela plus tard, continuez.
— J'étais persuadée que mon mari était mort naturellement et que ce testament pas encore enregistré ne serait pas valable. Je vous l'ai déjà dit, je n'ai pas fait un mariage d'amour et il s'agissait de plusieurs millions de dollars. J'ai pensé qu'en ne révélant cette mort qu'ultérieurement je pourrais sauver ma mise.
— Cela me semble un point de vue bien imprudent. Que comptiez-vous faire du corps de votre mari ?
— Nous étions à New York. Il ne s'agissait que de le transporter dans sa maison et de l'y garder une journée.
— Et à ce moment, que se serait-il passé ?
— Un docteur aurait délivré un permis d'inhumer.
— Mais ça, vous rêvez ! Pensez-vous qu'un docteur n'aurait pas vu qu'il était mort au moins depuis deux jours ?
— Tout dépend du docteur.
— Je vois. Et où pensiez-vous trouver ce médecin marron ?
— Mon père m'aurait aidée.
— Était-il au courant ?
— Non, bien sûr.
— Alors, sur quoi vous fondez-vous pour affirmer qu'il vous aurait aidée ?
— Je ne sais pas. Il est mon père, cela suffit. Il n'avait pas intérêt à ma ruine. Il m'aurait sortie de là.

— Vous pensiez donc le trouver quand vous avez ouvert votre porte à Martin Lomer ?

— Évidemment, je n'attendais que lui.

Il y eut un assez long silence après que le crépitement de la machine à écrire se fut arrêté. Sterling Kane ne bougeait pas, les yeux fixés sur son bureau. Quelque chose clochait, mais Hildegarde ne pouvait le déceler.

L'autre inspecteur, qui ne parlait jamais, sortit un petit cigare italien, le fit craquer entre ses doigts avant de l'allumer ; il évita bien soigneusement le regard de la jeune femme.

La bombe déposée dans la pièce, tous attendaient qu'elle explosât.

Enfin Sterling Kane releva la tête et, un peu ennuyé, demanda :

— Maintenez-vous la théorie du testament ?

— Évidemment, que voulez-vous dire ?

— Selon vous, vous avez soustrait le corps de votre mari assassiné à la justice pour que ce papier soit enregistré par notaires ?

— Qu'est-ce qui vous prend ? Pourquoi me parlez-vous ainsi ? Je vous ai déjà dit que je ne savais pas qu'il avait été assassiné.

— J'oubliais ce détail. Pouvez-vous me dire à quelle étude ce testament a été déposé ?

— Comment le saurais-je, je ne m'occupais pas de ses affaires.

— Allons, madame Richmond, vous êtes en pleine contradiction. Vous venez, au contraire, de nous dire connaître ce nouveau testament.

— Mais cela n'est pas la même chose.

— Alors, vous traversez New York avec un cadavre pour que des notaires, dont vous ne connaissez pas le nom, à une étude que vous ignorez, s'occupent de ce prétendu papier.

— Je vous ai dit la vérité.

— Non, madame Richmond, vous nous faites perdre notre temps, mais vous ne dites pas la vérité. La vérité, je vais vous la dire : il n'y a pas de testament.

— Qu'est-ce que vous me racontez ?

— Il n'y a pas de testament, donc pas de notaire, pas d'étude, pas de raison de vous promener avec le cadavre de votre mari. Nous en sommes au même point.

— Pas de testament, que voulez-vous dire ?

— Il ne faut pas trop nous sous-estimer, voyez-vous, quand une personnalité aussi marquante que celle de votre mari disparaît, on écoute le récit de la veuve, mais on fait également une enquête et dans votre mariage, qui n'est pas d'amour comme vous venez de le préciser, l'intérêt prend une étrange saveur qui nous passionne tous pour des raisons différentes : or il se trouve que les premières personnes que nous ayons vues sont précisément les notaires de M. Richmond, lesquels ne nous ont rien signalé qui se rapproche de votre rocambolesque histoire.

Hildegarde, une main à la gorge, tentait désespérément de remettre en marche la machinerie compliquée de son raisonnement. La brutalité du fait l'assommait.

— Impossible, vous faites une effroyable erreur. Je sais qu'il y a un testament.

— Alors, chez quel notaire est-il déposé ?

— Je n'en sais rien.

— Ne criez pas, madame Richmond.

— Il y a sûrement d'autres notaires.

— Mais ils ne s'occupent pas des affaires de votre mari. Une étude s'y consacre entièrement. Même à lui, cela semblait suffisant.

— Je l'ai transporté pour cela, je viens de vous le dire. Autrement, pourquoi l'aurais-je fait ?

— C'est ce que nous aimerions savoir ainsi que les causes de sa mort, car enfin, vous ne semblez pas trop tracassée par le fait qu'il ait été assassiné.

— Ne pensez-vous pas que ma situation est assez précaire pour que je pense d'abord à moi ?

— Je ne vous avais pas dit qu'elle l'était.

— Assez, ne finassez pas, vous me jugez coupable et vous ne voulez pas en démordre.

— Tant que vous me racontez des histoires aussi peu vraisemblables, je répugne à vous faire confiance.

— Ce testament existe, nous en avons souvent parlé avec mon père, secrétaire privé de mon mari, au courant de toutes ses affaires. Lui devait le faire enregistrer.

— Quand ?

— Lundi, j'avais dissimulé le corps de Karl pour attendre lundi, uniquement lundi.

— Voyons, madame Richmond, vous faites preuve d'un sang-froid exceptionnel en bernant un équipage entier et vous soutenez l'enfantine théorie d'un testament imaginaire qui aurait été enregistré en quelques minutes comme s'il s'agissait de coller des timbres sur des imprimés. Imaginez-vous que des pièces officielles ayant trait à plusieurs millions de dollars ne soulèvent pas une montagne de paperasseries, d'écritures, de démarches et de temps. Ainsi, d'après vous, le document entrait en vigueur dès la porte de l'étude franchie, forte de quoi vous faisiez réapparaître le cadavre. C'est bien ainsi que vous envisagiez les choses ?

— Non, pas comme cela. Vous déformez, vous rendez tout impossible, mais je dis la vérité.

— Mais quelle vérité, puisqu'il n'y a pas de testament ? Ne pleurez pas, dites-moi plutôt comment les choses se sont réellement passées. Peut-être donnez-vous trop d'importance à des détails, peut-être votre bonne foi a-t-elle été surprise ? Possible que vous ayez été dupée.

— Ce testament existe, je ne peux pas vous dire autre chose. Demandez à mon père, il vous le confirmera, lui-même m'en a appris l'existence.

— Nous le lui demanderons, mais avant, dites-moi pourquoi vous avez transporté le cadavre de votre mari.

— Assez, assez..., taisez-vous.

— Allons, madame Richmond, il faut vous calmer. Plus vite nous saurons la vérité, plus vite nous vous laisserons tranquille.

— Je veux voir mon père.

— Vous le verrez. Je vous l'ai promis. Maintenant vous allez vous reposer et réfléchir à tout cela et aussi aux autres questions qu'il sera de mon devoir de vous poser et à celle-ci entre autres : pourquoi avez-vous tué votre mari ?

— Taisez-vous !

L'inspecteur dut prendre le bras de la jeune femme pour lui éviter de se précipiter sur le bureau. Elle s'accrocha aux revers de son veston et se mit à crier, toute secouée de sanglots.

— Je vous laisse, madame Richmond, mais n'oubliez pas que l'enquête continue et que les faits sont plus éloquents que les paroles devant un tribunal.

On dut la ramener à sa cellule et lui administrer un calmant pour enrayer la crise de nerfs. Elle sombra dans une sorte d'hébétude peuplée de cauchemars.

Les journaux augmentèrent leur tirage et les feuilletons furent délaissés des amateurs au profit de ce palpitant scandale.

TROISIÈME PARTIE

15

Un peu calmée par une nuit de sommeil provoqué par des piqûres, Hildegarde se refusa à tout interrogatoire avant d'avoir reçu la visite de son père.

Seul Anton Korff pouvait expliquer les choses. Quel intérêt aurait-il eu à lui raconter cette histoire ? Il devait donc avoir une explication et une ligne de conduite à lui donner. Si jamais il lui avait menti, elle le saurait tout de suite, mais pourquoi l'aurait-il fait ? Hildegarde en arrivait toujours à buter sur cette question, le cauchemar prenait une place si prépondérante, si énorme qu'elle en restait déroutée. Pourtant les événements, qu'on les désirât ou qu'on les craignît, suivaient un ordre chronologique rigoureusement minuté et chaque période de sa vie avait existé de façon aussi précise que celle-ci. Pourquoi, alors, tout le reste semblait-il dissous dans une brume ?

Avait-elle vraiment vécu où tout appartenait-il au rêve où à des complaisances d'imagination concernant ses désirs et ses regrets ? Quand, d'ailleurs, elle évoquait son passé, même le plus lointain, elle ne retrouvait que des fragments de décor, de fugaces odeurs, des lambeaux de phrases et le tout situé dans un cadre, à une époque, à un moment de la journée. Mais ce qui avait précédé et qui suivait le souvenir s'anéantissait à jamais et n'avait peut-être pas existé puisqu'il n'y avait plus personne pour y croire.

L'homme meurt deux fois, la première quand la vie le quitte, la deuxième quand il s'évapore du souvenir des autres.

Dans l'après-midi, comme Sterling Kane l'avait promis, on vint la chercher pour l'amener au parloir.

Elle retrouva comme la première fois Anton Korff assis dans la petite pièce, derrière la table. Comme elle n'était pas arrêtée sous inculpation mais retenue seulement par la justice avant qu'elle ne statuât sur son cas, aucun témoin n'assistait à leur entretien, aucun grillage ne les séparait. Ils pouvaient sembler, du moins à première vue, aussi libres l'un que l'autre.

Hildegarde, qui se voulait calme et en possession de ses moyens, le laissa entamer l'entretien.

— Je vous annonce une bonne nouvelle. Votre avocat se présente cet après-midi et exige une liberté sous caution. Sur un refus, il attaque en justice pour détention arbitraire. Rien ne peut être retenu contre vous. Avez-vous suivi mes conseils, hier ?

— Oui, je les ai suivis.

— Eh bien, vous en faites une tête, que s'est-il passé ?

— Je vous le demande. Il paraît qu'il n'y a pas de testament.

— En voilà, une histoire !

— Ils ont fait une enquête et les notaires ne sont pas au courant. J'ai exigé de vous voir avant de répondre à tout nouvel interrogatoire.

— Vous avez bien fait.

— Maintenant, j'écoute vos explications.

— Comme vous êtes grave, ma chère Hildegarde. Vous voilà, je suppose, inquiète, démoralisée, troublée même. Vous êtes troublée et vous vous posez des questions.

— J'attends vos réponses.

— Je suis là pour ça et nous avons un peu de temps devant nous, pas trop car vous êtes tout de même soumise à un régime assez particulier.

— Expliquez-moi ce que signifie cette histoire de testament.

— Mais certainement. D'abord, de quel testament voulez-vous parler, car il y en a plusieurs ?

— Du dernier, évidemment, de celui que vous deviez faire enregistrer.

— Oui et alors ?

— Allez-vous me rendre folle, j'exige une explication. J'ai fait tout ce que vous m'aviez dit de faire. Je vous ai obéi en tout point, même quand je me suis trouvée incapable de répondre à…

— Je vous interromps. Pourquoi, ma chère enfant, avez-vous obéi aveuglément à mes consignes ?

— Mais parce que je vous fais confiance.

— Voilà le point névralgique, pourquoi me faites-vous confiance ?

— Croyez-vous qu'il soit utile de discuter de tout cela maintenant, pour un entretien minuté, alors qu'ils vont venir me chercher pour un nouvel interrogatoire ?

— Mais oui, certainement, ces gens-là ne sont pas inhumains, normal qu'un père parle à sa fille surtout quand elle se trouve dans une situation désespérée.

— Pourquoi me dites-vous cela ?

— Est-ce que je n'émets pas là une vérité première ? Votre situation n'est-elle pas au-delà du critique ?

— Mais vous venez de me dire à l'instant que mon avocat allait demander ma liberté sous caution.

— Je l'ai dit, en effet !

— Eh bien, alors, parlez, pourquoi me regardez-vous ainsi ?

— Dieu, que vous êtes exigeante, ma chère Hildegarde ! Que voulez-vous au juste ?

— Je veux savoir pourquoi vous n'avez pas été chez les notaires !

— Allons, voilà la grande question lâchée ; la grande explication entre le père et la fille. La petite fille bien affectueuse et qui n'a plus confiance. N'est-ce pas ?

— Mais non…

— Non, bien sûr, mais vous y venez. Des tas de questions troublantes tournent dans votre jolie tête, des inquiétudes, des doutes, des méfiances. Si je perds votre confiance, autant renoncer, n'est-ce pas ?

— Je n'ai pas dit cela.

— Mais peut-être avez-vous raison. Peut-être une bonne explication bien saine entre nous, sans témoin, est-elle le choc psychologique nécessaire pour la bonne marche de cette affaire.

— Réellement, je ne comprends rien à ce que vous racontez !

— Patientez. Vous allez comprendre ; même si les événements sont un peu rapides pour vous, seule dans votre cellule, allongée sur votre petit lit de prisonnière, bien au calme dans le silence, vous n'aurez qu'à laisser cette histoire se dérouler dans votre tête et vous verrez que votre logique, votre instinct et votre intelligence feront à nouveau bon ménage.

— Anton Korff, êtes-vous fou ?

— Grand Dieu non, pourquoi ?

— Vous agissez comme un fou. Vous parlez et je ne comprends pas un traître mot de ce que vous racontez. Où voulez-vous en venir ?

— Moi, à rien ! La partie se termine. J'ai réussi. J'ai gagné.

— Gagné quoi ?

— Ma chère enfant, je vous ai posé tout à l'heure une question très importante à laquelle vous avez négligé de répondre. Alors à nouveau, je vous la pose. Pourquoi me faites-vous confiance ou, pour être plus précis, pourquoi m'avez-vous fait confiance dès le début ?

Le teint de Hildegarde devint cireux. Elle se cramponna à la table pour ne pas tomber et l'articulation de ses doigts devint blanche.

— Curieux de constater la crédulité de certains êtres qui semblent, en dehors de cela, normalement évolués. Enfin, ma chère, vous n'êtes plus une enfant. Je vous aurais proposé à brûle-pourpoint d'aller tuer deux heures dans un hôtel meublé, vous m'auriez envoyé promener et vous auriez eu raison, mais je fais appel à vous, une inconnue, pour vous offrir une des plus grosses fortunes mondiales servie sur un plateau, et la petite bourgeoise que vous êtes ne cille pas, ne réfléchit pas et se précipite, tout sourire, sur le gros morceau de gâteau, au fond de la souricière. Comment expliquez-vous cela ?

— Je rêve, n'est-ce pas ? Dites-moi que je rêve.

— Mais non, ma chère, à cette époque vous rêviez quand vous avez pu imaginer que la fortune se trouvait dans une petite annonce, dans un conte de fées ou dans un billet de loterie. C'est long pour se faire, une fortune, cela demande des années d'efforts, d'intelligence, de ruses, de rides, d'humiliations, de nuits blanches. Ce n'était pas pour vous. Vous n'êtes pas de cette race-là.

— Mais vous m'avez engagée pour...

— Même à la souris, il faut mettre un morceau de fromage pour qu'elle entre dans le piège. Il a bien fallu que je vous raconte quelque chose pour endormir votre confiance et la sentir toujours à portée de main. Vous étiez le petit instrument nécessaire pour réaliser la noble combine échafaudée depuis des années. Très difficile, savez-vous, de s'approprier la fortune d'un milliardaire quand on n'a aucun lien de parenté avec lui. Il faut beaucoup d'imagination pour éviter les constestations et les impondérables.

— Vous vouliez toute la fortune de Karl ?

— Évidemment !

— Et vous vous êtes servi de moi ?

— Il faut savoir choisir son appât pour ferrer une grosse pièce.

— Mais que vais-je devenir ?

Il haussa les épaules sans répondre.

— Je ne vous ai jamais fait de mal. Où allez-vous prendre que j'assouvisse une vengeance ? En tant qu'individu, vous ne m'intéressez pas. Vos risques ont été pris du jour où vous avez répondu à l'annonce. Vous avez eu de bons moments sur le yacht que la médiocrité de votre vie passée ne vous laissait pas espérer. De quoi vous plaignez-vous ?

— Mais je vais être condamnée à mort. On va m'exécuter !

— Et alors, pensiez-vous être immortelle ? Vous souffrirez probablement moins qu'avec un accident de voiture ou un cancer.

— Croyez-vous que je vais me laisser faire ? Je leur dirai tout, ils vous condamneront, moi pas.

— Vous raisonnez stupidement.

— Quelqu'un me croira, je raconterai tout.

— C'est aussi mon jeu que vous le fassiez. Vous allez revenir sur vos déclarations en accumulant les gaffes. L'opinion publique se dresse contre vous. Il ne fallait pas commettre la faute initiale qui consistait à épouser ce vieillard.

— Je vais leur dire que je vous ai connu par une annonce, et que vous m'avez proposé cette combinaison et que vous m'avez adoptée.

— Adoptée, qui vous a adoptée ?

— Oserez-vous nier l'avoir fait ?

— Voyons, mon enfant, la douleur vous égare. Je suis votre père. Les papiers en règle en feront foi.

— Que voulez-vous dire ?

— Pourquoi pensez-vous que j'ai voulu une Hambourgeoise ? Parce que j'étais sentimental, peut-être ? Je suis hambourgeois et voulais une fille de ma ville parce qu'elle a été détruite, qu'il n'y a plus d'archives et qu'en se débrouillant bien on peut faire officialiser les documents proposés. C'est pourquoi, que vous le vouliez ou non, vous êtes ma fille, ma fille coupable qui va être exécutée et dont je vais hériter parce que si je suis son père, je suis surtout le beau-père de Karl Richmond, sa seule famille, son héritier naturel, comprenez-vous enfin ?

— Non, je ne comprends pas. Je refuse d'entrer dans votre jeu. Je ne suis pas encore morte. Vous dévoilez vos batteries trop tôt. Je raconterai tout. Je montrerai la réponse que j'ai reçue à votre annonce, je la…

— Je vous arrête tout de suite. Il y a longtemps que j'ai récupéré cette lettre et l'ai détruite. Quant à retrouver l'annonce dans les archives, facile, mais elle était suffisamment anonyme pour ne pas m'incriminer. Elle a été émise de Hambourg alors que je n'y ai pas mis les pieds depuis des années.

— Mais les autres femmes qui vous ont répondu pourront témoigner.

— Trouvez-les ! Vous êtes seule à être venue à Cannes. Les autres, des personnages chimériques inventés pour vous donner le sens de la compétition. J'ai eu beaucoup de réponses, mais adressées à une boîte postale dans une ville où je n'ai jamais été. Cela aussi peut se vérifier. La vôtre dans le lot, mieux que les autres, plus conforme à ce que je cherchais, m'a poussé à une petite enquête vous concernant avant de vous choisir. Avez-vous d'autres menaces en réserve ?

— Oui, Anton Korff ; j'exigerai une prise de sang. On verra bien que nous n'appartenons pas au même groupe.

— Et cela ne constitue en rien une preuve. Ma chère, quelle que soit ma fille, elle ne peut pas prouver qu'elle n'est pas de moi. Qu'en pensez-vous ?

— Impossible. Il y a une issue, j'en suis sûre.

— Trouvez-la. J'ai réfléchi pendant des années avant de monter cette superbe affaire. Pouvez-vous croire que j'ai laissé quelque chose au hasard ? Actuellement je ne suis qu'un homme riche, demain je serai un homme puissant. Pour sortir de l'anonymat et détenir le pouvoir, j'ai tout organisé. Il est tard maintenant pour en profiter mais pas trop tard, et je vais bougrement jouir des quelques années qui me restent !

— Pas à mes dépens, soyez-en sûr ! Je serai peut-être condamnée mais vous aussi. N'imaginez pas que je me laisserai tondre.

— Trop tard pour vous, ma chère. Je vous réserve quelques bombes à retardement qui vous enfonceront davantage.

— Vous ne réussirez pas.

— Parce que vous avez une mentalité d'almanach, vous pensez que les méchants sont toujours punis, fatale erreur. Les méchants, s'ils ne sont ni des obsédés ni des imbéciles, réussissent toujours. Je vous en donnerai la preuve.

— Et en admettant que je meure par votre faute et que vous héritiez, pensez-vous en profiter ?

— Quoi ? Vous songez au remords ?

— Je vous donnerai ce que vous voudrez mais laissez-moi vivre. Un domestique a tué Karl Richmond, cela ne nous concerne pas. Prenez la fortune, laissez-moi la liberté. Lui sera justement puni pour un crime qu'il aura commis.

— Crédule enfant ! Imaginez-vous que ces faquins aient des mentalités de meurtriers ? Erreur ! Toute votre éducation est à refaire. Des laquais restent des laquais.

— Mais si un Jamaïcain n'a pas tué Karl, alors, qui ?...

— Je vous le demande !

— Vous ne voulez pas dire...

— Que c'est moi ! Pourquoi pensez-vous que j'aurais monté cette affaire fondée sur une mort problématique qui aurait pu avoir lieu dans cinq, dix ou quinze ans ? Parce que je voulais le tuer, il me fallait trouver une femme de paille.

— Ainsi, vous ne m'avez engagée que pour cela ?

— Et pour quelle autre raison me serais-je intéressé à la future vieille fille que vous représentiez ? Vous avez trente-quatre ans, ma chère, aucune situation, aucun avenir. Croyez-moi, quand à cet âge-là on n'a rien réalisé, on ne peut rien exiger des autres. Vous auriez, sans moi, vieilli dans votre médiocrité. Avez-vous songé quelquefois au peu d'avenir réservé aux femmes de votre âge ?

— Que pouvais-je faire d'autre ?

— Des centaines de solutions s'offraient, sauf bien entendu celle que vous avez choisie. On ne se solidarise pas avec un pays qui se relève de la guerre. La vie est trop courte.

— C'est pourquoi j'ai voulu m'en évader en répondant à votre annonce.

— Romantisme puéril ! Imaginez-vous un millionnaire réduit à se trouver une femme par les petites annonces. Alors que n'importe quelle héritière se pâme pour une vedette de cinéma, un champion cycliste ou un assassin célèbre ?

— Que vais-je devenir ?

— Rien. Vous n'avez ni passé ni avenir, vous êtes un individu qui fait nombre, pas autre chose.

— Je vous hais. Vous êtes un malade, le fait de vous vanter de cette machination le prouve, un assassin habile s'en serait bien gardé.

— Vous croyez que je viens me délecter de mon triomphe ? Mais non, je suis méchant, peut-être, mais pas sadique. Tout cela fait partie de mon plan. Je vous raconte tout parce que j'ai besoin de votre réaction tardive qui vous sera préjudiciable et qui me permettra de jouer mon jeu, celui d'un père cruellement éprouvé. Je ne suis pas tombé dans la facilité qui consistait à vous vouer publiquement un amour total bien que tardif. J'ai été assez habile pour reconnaître que cette parternité, sans troubler ma quiétude, ne m'apportait rien. Je mettrai à vous défendre un devoir et une conscience dignes de tous éloges, je partirai après votre mort à l'étranger, je ne ferai pas la noce, je serai un monsieur digne et solitaire qui essaye d'oublier. Cela durera quelques mois. L'actualité n'en demande pas tant. Après seulement, quand je serai redevenu anonyme, je jouirai de chacune des minutes de mon triomphe.

— Mais moi, je serai morte. J'aurai été exécutée pour un crime que je n'aurai pas commis.

— Et alors ? Pensez-vous être la seule ? Chaque année il faut étouffer quelque injustice sociale ou judiciaire. En quoi votre cas aurait-il plus d'importance que celui des autres ?

— Je me fiche des autres. Je suis encore vivante. J'entends le demeurer.

— Je ne vous empêche pas. Nous luttons, mais je suis le plus fort.

— Je rêve, ou je vis un cauchemar, mais la justice existe. Je n'ai rien fait de mal.

— Prouvez-le.

— Taisez-vous. Vous ne me faites pas peur. Je vous connais maintenant. Le vrai danger consiste à se battre contre l'inconnu. Quand on sait exactement où est le péril, on peut le vaincre.

— Des mots, ma chère, et les mots sont d'une déconcertante faiblesse face aux preuves, pensez-y !

— Je ne suis pas encore jugée.

— Bien sûr. Et vous n'êtes pas encore morte, où est la différence ?

— Vous croyez me tenir au piège, erreur, je lutte pour ma vie, je me fous de l'héritage, je veux ma liberté et votre condamnation. Pourquoi riez-vous ?

— Parce que vous êtes une charmante créature bien conventionnelle douée de réactions bien conventionnelles. Le jeu est facile avec vous. Que pouvez-vous espérer puisque vous croyez au bon droit et que vous vous en remettez à lui ?

— Quand je leur aurai parlé de vous, quand je leur aurai tout raconté, vous deviendrez sujet à caution vous aussi. On vous épiera, on vous surveillera, on vous interrogera. Que ferez-vous alors ?

— Ma position reste inattaquable. Je suis riche, très riche, grâce à mon généreux patron. En le perdant, je perds la source de ma fortune. Son legs n'est d'aucun rapport pour moi. Il y a assez peu de raisons de tuer, savez-vous. Supprimez la passion, la haine, la vengeance, l'intérêt, que reste-t-il ? Ce qui pourrait me concerner serait l'intérêt, je n'en ai aucun et le prouve. Que reste-t-il ?

— Je dirai que vous étiez amoureux de moi.

— De ma fille ? Ne faites pas cela, vous allez vous mettre toutes les ligues de moralité à dos. On vous psychanalysera et on trouvera quelque horrible complexe dans votre enfance. Vous aurez encore le mauvais rôle.

— Mais pourquoi l'aurais-je tué ?

— L'intérêt, voyons ! Un homme de cet âge est soumis à des caprices. Il pouvait revenir sur sa décision. Il valait mieux tenir que courir. Et seul le dernier testament enregistré demeure valable.

— Mais pourquoi l'aurais-je tué si vite ? Je vous tiens, là, Anton Korff. J'avais tout intérêt à laisser le temps entériner cette affaire, sa hâte même la rend suspecte.

— Croyez-le, ma chère. Je ne demande pas mieux. Vous jouez cartes sur table, pas moi. J'aime toujours garder des atouts dans ma manche.

— Pourquoi dites-vous cela ?

— Vous n'êtes pas faite pour l'aventure, ma chère Hildegarde, vous êtes faite pour avoir des enfants. Vous vous êtes trompée de destin.

— Peut-être, mais peut-être aussi que ma personnalité de petite bourgeoise me sauvera. Je ne suis pas faite, comme vous dites si bien, pour une telle aventure ; les policiers s'en apercevront, les juges aussi, et les psychiatres s'il le faut.

— Malheureusement pour vous, vous demeurez une jeune et jolie femme qui, moyennant mariage, s'est délibérément vendue à un vieillard impotent et odieux pour sa fortune. Grave préjudice que tout l'équipage, à des degrés différents, pourra confirmer.

— Je ne suis pas la seule à avoir agi ainsi.

— Mais vous êtes la seule dans un cas aussi particulier. Votre attitude ne plaide pas en votre faveur.

— Tant pis. Je vous remercie de m'avoir dévoilé la vôtre. Je sais maintenant comment agir.

— Ne vous ai-je pas fait confiance dès le début ? Ne vous ai-je pas jugée à votre juste valeur ? Vous ne me décevrez pas, je le sais. Voyez-vous, chaque être vit sur des rails moraux qui lui sont propres et dont il ne peut pas sortir malgré tout son bon vouloir. Je connais les vôtres. Je sais jusqu'où vous pouvez aller, mais vous êtes un petit pot de terre étonnamment fragile à côté de moi qui ne suis pas de la même argile que vous.

— Fou ! Sadique ! Mégalomane !

— Non, inutile de me trouver des complexes pour vous rassurer. Je suis plus fort. Vous ne pouvez rien faire. Malgré tout son courage, la souris ne gagne jamais sur le chat.

À ce moment, on frappa à la porte.

Hildegarde sursauta. Anton Korff ne bougea pas, sourit légèrement se leva et dit à la jeune femme anéantie :

— J'ai toutes mes dames, il vous reste un pion, qu'espérez-vous en faire ?

La porte s'ouvrit.

Un gardien parut.

— La visite est terminée, dit-il.

— Ne vous inquiétez pas, ma chérie, vous savez que je ferai tout au monde pour régler cela au plus vite.

Hildegarde, anéantie, ne répondit pas.

Et le gardien s'effaça pour laisser passer le père, éprouvé.

16

On ramena Hildegarde à sa cellule. Rien ne se passa. Il n'y eut ni tonnerre, ni éclair, ni miracle. Anton Korff, libre et sûr de lui, retourna dans la rue après avoir réendossé son personnage d'homme intègre. Sa position sociale restait inattaquable. Secrétaire de Karl Richmond depuis vingt ans, il possédait une grosse fortune personnelle. Son seul drame était sa fille, cette intrigante qui n'avait recherché sa trace que pour l'exploiter et qui, par le scandale qu'elle provoquait, allait pour toujours jeter un voile sur sa vieillesse. Mais il ferait son devoir, lui donnerait l'assistance qu'il lui avait refusée dans son enfance, serait à ses côtés, quelles que soient ses déclarations. Personne ne pourrait croire la vérité puisqu'elle ne l'avait pas dite au début. Ils avaient décidé de la trouver coupable et ne voudraient pas en démordre. Avant de passer devant le grand jury, son sort déjà, serait réglé.

Folle d'épouvante, Hildegarde songeait à tout cela en faisant les cent pas dans sa cellule. Elle avait pensé mander Sterling Kane pour revenir sur ses déclarations et lui dire, cette fois, toute la vérité en ne ménageant plus Anton Korff, mais ce qu'il avait insinué au sujet des bombes à retardement l'inquiétait. Sans doute bluffait-il, bien qu'elle fût sûre du contraire. Pourquoi lui aurait-il tout raconté, pas pour se vanter, certainement pas, mais pour démolir ses défenses et les réduire encore, en tendant d'autres pièges qu'elle ne pourrait, dans son désarroi, envisager. Il ne l'utilisait pas en complice mais en outil indispensable à son plan.

Il trouverait une explication pour le faux testament. De toute façon, la situation de Hilde ne pouvait pas être pire, seule, elle avait convoyé le cadavre et, de quelque façon que s'y prenne un avocat, ce serait une sacrée pilule à faire avaler à un jury.

Elle avait beau réfléchir, seule la vérité semblait présenter une issue. Ce qu'elle dirait pourrait être vérifié. En jouant sa parole contre celle d'Anton Korff, elle le mettrait dans le bain, la police le cuisinerait et trouverait sûrement une brèche dans son histoire.

Plus elle y pensait, plus elle se persuadait d'agir ainsi, quels qu'en soient les risques. Sa vie mise en jeu maintenant, elle n'avait pas l'intention d'être exécutée pour avoir seulement été cupide et imprudente.

Par sa gardienne, Hildegarde fit demander à Sterling Kane de la recevoir. Elle crut aussitôt qu'on allait l'amener au bureau mais il lui fut répondu qu'on viendrait la chercher quand on aurait besoin d'elle.

Le vent tournait. Elle devenait non plus une riche veuve, mais une intrigante qui aurait à répondre du meurtre de son mari. Une immense lassitude la terrassa. Enfermée toute seule au milieu du piège, elle ne trouvait pas le sésame pour en sortir.

La certitude de son bon droit ne lui apporta aucun réconfort. Anton Korff avait raison, il avait toutes les dames et il lui restait un pion : sa bonne foi. Qui en voudrait ?

Alors la sève de la vie monta en elle. Immobile, allongée sur son lit étroit, elle sentait le bouillonnement de son sang sous sa peau. Elle n'était pas malade dans son corps rond et ferme. Des années et des années passeraient avant que la vieillesse n'émoussât cette volupté. Des années..., à moins que la machination ne réussisse et qu'on ne l'emmène au quartier des condamnées à mort.

Les journées alors seraient comptées ainsi que les nuits, les pauvres nuits d'épouvante et de solitude au bout desquelles arriverait le grand jour... Entourée d'officiels et de journalistes, elle pénétrerait dans la chambre d'exécution.

Alors, à cette pensée, son cœur battait la chamade. La sueur l'inondait et la panique grandissait en elle au point que son corps se réduisait à une housse de chair terriblement vulnérable. Doucement, ses mains caressaient son visage. Elle ouvrait et fermait les yeux, remuait ses jambes sous la couverture rugueuse, sentait sous ses doigts le sang battre juste à la base de son cou. Elle avait besoin de s'écouter vivre encore.

La journée passa. À part l'heure des repas, personne ne se soucia d'elle. Il lui aurait fallu réfléchir, échafauder un plan, établir une défense, mais une apathie morne l'anéantissait. Tout se déroulait trop vite. Il y avait à peine quelques jours que Karl était mort, et voilà qu'Anton Korff, en lui dévoilant ses batteries, l'avait sonnée pour le compte.

Il aurait fallu, par un effort de volonté, se ressaisir, mais le secrétaire savait ce qu'il faisait et sans doute la préférait-il groggy que véhémente.

L'avocat annoncé ne venait pas. L'avait-il seulement contacté ? Quelles chausse-trapes lui préparait-il encore ?

Se répéter inlassablement qu'il était un monstre ne pouvait la sauver. Elle devait agir. La fortune de son mari devenait sans importance. Elle voulait seulement vivre et aussi voir exécuter à sa place son père adoptif. Il fallait qu'il partageât ses angoisses, assumât ses responsabilités, expiât son crime, et elle serait là, au premier rang, pour jouir de sa défaite.

Mais cela aussi appartenait au domaine de l'utopie, car elle était dans de mauvais draps et pas lui. Et tandis qu'il agissait et minait le terrain, elle attendait, hébétée et incrédule, que le ciel, la chance, la chance ou Dieu sait quoi brandît la bannière de la justice.

Sa personnalité dédoublée n'arrivait pas à se confondre. Sa raison vacillait sous un voltage trop fort.

Elle marmonnait sans cesse des bouts de phrases inintelligibles où se complaisait sa stupeur incrédule. Le cauchemar avait cessé d'être une buée d'arrière-plan. Il devenait maintenant l'essence même de sa vie. Sans conviction, elle se pinçait de temps à autre pour essayer de croire qu'elle dormait. Un poids écrasant l'étouffait et elle se retrouvait tout à coup à moitié suffoquée parce que, pendant quelques instants, elle n'avait même plus osé respirer.

« Je suis seule, toute seule », et cette désolante constatation l'anéantissait presque autant que la machination dont elle était victime.

Vers la fin de la journée, elle redemanda Sterling Kane. On lui assura qu'il ne l'oubliait pas et cette douloureuse ironie la fit frémir.

Mais il ne la convoqua pas et la nuit succéda au jour. La nuit propice aux angoisses, à la peur, au désespoir. Le matin la trouva pâle et défaite mais résolue à se battre jusqu'au bout. Plusieurs fois, elle demanda à être entendue. Vers la fin de la matinée, elle fut exaucée et on la ramena une fois de plus dans le bureau.

Tous la regardèrent. Personne ne la salua. Aucun témoignage de sympathie ne vint l'encourager. Elle se laissa tomber sur la chaise.

— Vous avez demandé à me voir ? demanda Sterling Kane.

Un signe de tête et une pauvre ébauche de sourire.

— Avez-vous de nouvelles déclarations à faire ?

— Je veux dire la vérité.

— Encore ?

— Non, toute la vérité. Tant pis pour ce qui arrivera. Je ne veux pas être condamnée à mort pour un crime que je n'ai pas commis.

Il fit signe au greffier de se tenir prêt, alluma une cigarette, mais cette fois ne lui en offrit pas. Ce tout petit détail lui sembla un mauvais présage.

— J'ai été roulée. Tout cela a été comploté d'avance.

— Par qui ?

— Anton Korff.

— Votre père ?

— Il n'est pas mon père.

— Tiens, voilà du nouveau. Et qui est-il alors ?

— Il m'a adoptée. Je l'ai connu par une petite annonce parue dans un journal de Hambourg. Il me proposait un beau mariage et une vie luxueuse. Pour cela, j'ai accepté.

— Je ne pense pas sincèrement que vous soyez devenue folle depuis deux jours, mais je ne sais pas à quoi correspond cette nouvelle histoire.

— Il faut me croire. Cette fois, je dis la vérité. Je vais tout vous raconter. C'est lui qui a tout machiné pour toucher l'héritage, il a assassiné mon mari et m'a obligée à me promener avec le cadavre. Je viens seulement de comprendre qu'il voulait tout me faire endosser mais je n'accepte pas. Je n'aurai pas l'argent mais lui non plus. Lui ira en prison, il l'a tué !

— Allons, madame Richmond, inutile de crier. Je suis à côté de vous et je ne suis pas sourd. Mon devoir m'oblige à vous écouter, même si nous nageons dans la plus franche incohérence. Où voulez-vous en venir, au juste ?

— Anton Korff est coupable. Il faut l'arrêter. Je vous en prie. Vous ne pouvez pas me laisser condamner à sa place. Je n'ai rien fait, enfin, rien de grave. Je ne suis pas la seule femme à épouser un homme pour sa fortune.

— Si vous vouliez bien me dire une chose après l'autre, j'aurais peut-être plus de facilité pour vous comprendre.

— Il m'a adoptée pour me faire endosser la responsabilité de son crime. Je ne l'ai pas compris tout de suite, mais il me la dit, me l'a avoué, il a tout machiné.

— Que vous a-t-il dit exactement ?

— Qu'il m'avait adoptée pour que je sois sa fille et qu'il puisse hériter de moi à la mort de mon mari.

— Et quand vous a-t-il adoptée ?

— Quand je l'ai connu, à Cannes.

— Et vous ne l'aviez jamais vu avant ?

— Non, jamais. Je répondais seulement à son annonce.

— Où il vous proposait un beau mariage ?

— Oui.

— Alors pourquoi ne vous a-t-il pas épousée ?

— Il ne voulait pas le faire. Il voulait seulement me faire épouser Karl Richmond.

— Et celui-ci était au courant ?

— Non, bien sûr, autrement il n'aurait jamais accepté.

— En somme, il passait une annonce pour trouver une femme à son patron, lequel n'était au courant de rien ; pourtant son caractère, d'après tous les témoignages, relevait d'un misanthrope doublé d'un misogyne.

— Lui savait comme le manœuvrer. Il m'a dit que sans lui je ne pourrais rien faire et que sa fortune dépendait de la mienne.

— Et il vous a adoptée ?

— Oui, cela s'est passé ainsi.

— Quand il vous a proposé cette adoption, combien de fois vous étiez-vous vus ?

— Deux fois.

— Vous ne trouvez pas cela un peu court pour créer des liens familiaux ?

— Mais son plan reposait là-dessus.

— Et il vous a fait confiance, tout de suite, à la première visite ? Il vous a raconté toute sa petite histoire, vous a recrutée par une petite annonce et vous a garanti qu'il vous ferait épouser son patron, après quoi il le tuerait et vous ferait endosser le crime ? Où voulez-vous en venir au juste, madame Richmond ?

— Je sais bien que cette histoire a l'air rocambolesque mais je la raconte mal, sans doute. Je ne donne pas tous les détails mais elle est vraie puisqu'elle m'est arrivée. Vous devez me croire. Mon mari est mort. Je suis en prison. On m'accuse de meurtre. Ne pensez-vous pas que je puisse perdre mon sang-froid ?

— Voilà enfin une parole sensée.

— Je n'avais aucune raison de tuer mon mari puisque je ne l'avais épousé que pour sa fortune.

— Nous verrons cela plus tard. Revenons-en à Anton Korff. Maintenez-vous qu'il vous ait adoptée ?

— Je viens de vous le dire.

— Et, bien entendu, vous pouvez le prouver ?

— Je ne sais pas. Il s'est lui-même occupé de tous les documents pour l'adoption et le mariage.

— Mais vous pouvez fournir le nom de votre vrai père.

— Mes parents sont morts dans un bombardement.

— Il doit bien y avoir, quelque part, une trace de leur décès. Ils ont bien une tombe ?

— Non, je vous dis qu'ils sont morts dans un bombardement. On n'a jamais retrouvé leurs corps. Ils ont dû être enfouis sous des décombres.

— Mais vous aviez des témoins de cette mort ?

— Oui, les gens présents au même moment, mais quand les secours sont arrivés, tout le monde s'est dispersé.

— Ainsi la mort de vos parents n'a pas été enregistrée dans une mairie ?

— Non. J'étais trop anéantie pour m'en occuper.

— Alors comment expliquez-vous que les pièces concernant votre naissance soient tout à fait en règle et qu'ils vous reconnaissent pour la fille d'Anton Korff ?

— Mais il les a truqués, il ne m'avait parlé que d'adoption.

— Ces papiers viennent de Hambourg et sont des copies d'archives.

— Il a payé quelqu'un pour se les procurer.

— Mais il n'est jamais retourné en Allemagne depuis 1934.

— Il a sans doute chargé un complice de s'en occuper.

— Qui ?

— Je ne sais pas.

— Mais il faut savoir. Je comprends que vous teniez à vous décharger de la responsabilité d'un crime sur une autre personne, mais il faut encore que cette histoire tienne debout.

— Je vous explique. Je suis toute seule et vous ne cessez de me harceler. J'essaye pourtant mais vous ne voulez pas me croire. Vous avez décidé que j'étais coupable parce que je semble dans mon tort, mais cela ne veut rien dire. Seules les apparences sont contre moi.

— Pourquoi avez-vous transporté le cadavre de votre mari ?

— Je vous l'ai dit, pour que le testament soit enregistré.

— Un testament n'a pas à être enregistré, madame Richmond, il est temps que vous le sachiez ou que vous cessiez de nous le faire croire.

— Mon père l'avait prétendu.

— Pourquoi vous en aurait-il parlé puisqu'il n'y a jamais eu de nouveau testament ?

— Je ne connais rien aux problèmes de droit. Je n'ai fait que suivre les conseils d'Anton Korff.

— Pourquoi ?

— Laissez-moi, je vous en prie, cessez de me harceler !

— N'avez-vous jamais, à aucun moment, essayé d'acheter son silence ?

Hildegarde fit encore un effort pour reprendre la lutte, seule face à eux.

— Non, bien sûr, puisque lui est à l'origine de tout.

— Vous êtes certaine de ce que vous avancez ?

— Combien de fois faut-il vous répéter les choses pour que vous soyez persuadé de ma sincérité ?

— Alors, selon vous, votre père aurait assassiné votre mari ?

— Il n'est pas mon père !

— Répondez à ma question.

— Mais oui, il l'a tué et s'est arrangé pour me faire accuser. Si je suis exécutée, il devient forcément mon héritier.

— Pas s'il vous a adoptée.

— Mais vous avez dit vous-même qu'il a agi comme mon vrai père.

— Admettons. Il vous aurait donc engagée pour endosser son crime et hériter de vous ?

— Oui, exactement. Vous avez compris. C'est ce que je voulais dire. Maintenant vous savez tout.

— Mais qu'arrive-t-il si vous n'êtes pas condamnée à mort ?

— Comment cela ?

— Vous êtes jeune et jolie. Le jury influencé par un bon avocat peut avoir pitié de vous et vous imposer une réclusion définitive, peut-être même après appel votre peine sera-t-elle commuée.

— Et alors ?

— Alors, je vous demande, pourquoi dans ce cas aurait-il tué votre mari ?

— Il était sûr que je serais condamnée.

— On ne commet pas un crime d'intérêt sur la base de probabilités.

— Il l'a prétendu, pourtant. Il m'a raconté en détail toute la combinaison.

— Et quand vous a-t-il dit cela ?

— Hier, quand il m'a rendu visite.

— Croyez-vous qu'un assassin insoupçonné irait se mouiller par des aveux intempestifs ?

— Il voulait que je sache tout. C'est un monstre. Il est venu se moquer de moi. Il me déteste...

— Pourquoi ?

— Je ne sais pas. Je ne comprends rien à tout ce qui m'arrive. J'ai peur et je ne veux pas mourir, croyez-moi.

— Eh bien, si j'ai un conseil à vous donner, plaidez coupable. Vous êtes vénale, mais vous n'êtes pas la seule. Vous avez des excuses. Vous venez d'un pays où la vie ne doit pas être drôle. Vous avez cédé à un moment de folie.

— Mais je ne l'ai pas tué. Lui l'a tué.

Sterling Kane se leva et, les deux mains à plat sur le bureau, se pencha vers Hildegarde.

— Curieux, la vie, tout de même ! Votre père vous a abandonnée quand vous étiez gosse. C'est assez moche et il est normal que vous lui en vouliez, mais depuis qu'il vous a retrouvée, il a rattrapé le temps perdu et vous n'avez pas d'ami plus fidèle que lui dans cette histoire. Voulez-vous que je vous en donne la preuve ?

Abasourdie, elle le regarda.

— Allez chercher les magnétophones, dit-il à l'inspecteur qui, toujours silencieux, assistait aux interrogatoires.

Hildegarde ne comprenait rien et commençait à douter de sa raison. Avait-elle réellement reçu la visite d'Anton Korff, lui avait-il réellement parlé ou vivait-elle éveillée un cauchemar ?

L'inspecteur revint bientôt avec deux magnétophones qu'il posa sur le bureau. Sterling Kane en frappa un du plat de la main.

— Celui-ci était à bord du yacht, dit-il. Savez-vous comment nous l'avons récupéré ?

Son air ahuri répondit à sa place.

— En suivant votre père, qui, pour vous sauver, s'est cru obligé de monter sur le bateau de nuit, en évitant nos inspecteurs, en garant sa voiture à l'autre bout de la jetée. Nous l'avons cueilli à la descente de la passerelle et il a tenté de jeter l'appareil dans la darse.

— Je ne comprends pas.

— Chacun son tour, il me semble. Nous allons déjà nous occuper de cet appareil. Nous reviendrons à l'autre ultérieurement… Faites-moi marcher cela, dit-il à l'homme qui les avait apportés.

Et il se carra dans son fauteuil pour allumer une cigarette.

Le garçon ouvrit le couvercle, brancha la fiche et manœuvra des boutons sur le plateau. Le ruban tournait à l'envers et l'on aurait dit un dialogue entre deux Chinois parlant à toute vitesse.

— Vous allez assister à l'interrogatoire de votre père et apprécier la différence de vos sentiments pour vous prouver qu'aucune antipathie personnelle ne me guide. Quand nous aurons tout entendu, il vous appartiendra de conclure quelle version reste, en toute honnêteté, la plus acceptable.

Et il fit signe de mettre l'appareil en marche.

Tout d'abord, Hildegarde ne reconnut pas les voix des deux hommes et ne comprit pas le sens des phrases. Il lui sembla que ces deux appareils, telles des machines infernales posées sur le bureau, allaient causer sûrement sa perte. Avec angoisse elle regardait les deux roues dévider et enrouler leur ruban. Le haut-parleur était très net. Peut-être qu'en fermant les yeux elle aurait pû croire que ce dialogue avait lieu maintenant, dans ce bureau, et qu'elle n'y assistait qu'à titre de spectatrice.

— Je ne comprends rien, disait la voix qu'elle reconnut pour celle d'Anton Korff, ma fille a dû s'affoler, normal qu'elle ne m'ait pas fait confiance. Toute son enfance peut en témoigner. Je l'ai délibérément négligée et ne sais trop comment aujourd'hui réparer le terrible préjudice que je lui ai causé.

— Monsieur Korff – et cette fois Sterling Kane parlait –, cet interrogatoire reste confidentiel. Vous avez répondu longuement cet après-midi à toutes nos questions. Il ne s'agit maintenant que de quelques points de détail qui sont lourds de conséquence pour votre fille. Vous nous avez dit avoir quitté New York pour la Floride aussitôt le yacht à quai. Vous nous en avez même donné les raisons, mais il se trouve que la situation étant assez particulière, nous nous sommes rendus à votre domicile où, parmi votre courrier, nous avons trouvé une lettre émise du bassin des yachts. Nous l'avons ouverte et en voici la teneur :

« *Cher Père,*

Ci-inclus un chèque barré de 200 000 dollars. Le premier mais aussi le dernier et pour solde de tout compte. Je te le donne parce que mon mari est mort. Il endormira, j'espère, tes scrupules. Le temps doit couler sur cette affaire et ce moyen te le fera passer agréablement.

Ta fille affectionnée.

Hildegarde Korff Richmond. » Et un chèque barré, à votre nom et daté de vendredi accompagnait cette lettre. Pouvez-vous nous donner quelques éclaircissements à ce sujet, monsieur Korff ?

Il y eut un très long silence. Incrédule mais subjuguée, Hildegarde ne pouvait détacher ses yeux du magnétophone. Le silence dans le bureau et dans l'appareil s'éternisait. Si elle n'avait vu le ruban s'enrouler autour des bobines, elle aurait pu croire à une panne.

— Je crois qu'il..., commença la voix d'Anton Korff, mais brusquement Sterling Kane coupa le courant et, le buste un peu incliné vers la jeune femme, lui dit d'une voix douce :

— Je vous ai demandé tout à l'heure si, à aucun moment, vous n'aviez essayé d'acheter le silence de votre père. Vous en souvenez-vous ? Deux fois, j'ai posé la question. Maintenant, pour la troisième fois, j'attends une réponse.

Hildegarde, la bouche ouverte, portait son regard de l'appareil à l'inspecteur et ne semblait pas se rendre compte de ce nouveau coup dur.

— Continuez-vous à nier que vous avez tué votre mari et que moyennant 200 000 dollars vous avez tenté d'acheter le silence de votre père ?

Alors, moitié bafouillant, moitié pleurant, elle parla.

— Il m'a fait signer cette lettre quand il m'a engagée. Il disait que c'était une garantie de ma bonne foi mais qu'il ne s'en servirait qu'au cas où je refuserais de lui donner cet argent quand je toucherais mon héritage.

— Je croyais qu'il devait s'approprier toute la fortune en héritant de vous ?

— Bien sûr, c'est ce qui se produit, mais au début il avait une autre version. Il voulait seulement que le legs de mon mari passe de 20 000 à 200 000 dollars.

— Et cette lettre, selon vous, a été écrite quand vous l'avez connu ?

— Oui.

— En France ?

— Oui.

— Comment alors saviez-vous son adresse à New York ?

— Parce qu'il me l'a dictée.

— Et la deuxième fois que vous voyez cet inconnu, vous lui écrivez une lettre aussi compromettante signée de son propre nom et de celui d'un mari que vous ignoriez encore ?

— Mais cette lettre ne comptait pas, elle devait servir de garantie.

— Alors pourquoi le chèque y est-il joint ?

Hildegarde le regarda fixement et se mit à se tordre les mains.

— Il me l'a demandé avant que nous arrivions à New York. Il voulait me faire chanter.

— Pour le meurtre de votre mari ?

— Oui, en me mettant cela sur le dos.

— Mais le chèque est daté du vendredi et votre mari n'est mort que le samedi matin. Comment alors aurait-il pu vous faire chanter puisque le crime n'était pas encore commis ?

— Je ne sais pas. Il a prétendu que nous ne nous reverrions qu'en Californie et que si notre avion était accidenté, notre mort ne lui laisserait que 20000 dollars. Il disait que cet argent représentait une assurance sur la vie.

— Puisque vous prétendez qu'il a tué votre mari, il n'en n'avait pas besoin.

— Mais Karl vivait alors, je ne pouvais pas savoir.

— Et vous avez signé un chèque de cette importance sans sourciller. Comment comptiez-vous le justifier aux yeux de votre mari car, si importante soit votre fortune, 200000 dollars représentent déjà un joli capital.

— Karl ne l'aurait pas su.

— Pourquoi ? Parce que vous saviez déjà que vous alliez le tuer ?

— Ce n'est pas vrai ! Ce n'est pas vrai ! Ce n'est pas vrai !

Hildegarde n'en finissait pas de crier.

— Allons, calmez-vous, madame Richmond. Je vous pose des questions. Je ne dicte pas les réponses.

Et il appuya sur un des boutons. Le ruban se rembobina en dialecte chinois puis il arrêta, remit en marche avant et la voix reprit.

— … cissements à ce sujet, monsieur Korff…

Puis à nouveau l'effarant silence et la voix gênée et triste du secrétaire.

— Je crois qu'il s'agit là d'un affreux malentendu. Nous avions parlé souvent avec ma fille de l'héritage fabuleux qu'elle aurait à la mort de son mari. Normal, ma fille n'a pas été très heureuse, elle faisait des tas de projets enthousiastes. Une si grosse fortune ! Son mari, déjà âgé, ne pouvait être éternel. Quelques jours avant le drame, nous en avons reparlé et j'ai eu quelques mots désagréables qui ont dépassé ma pensée. J'ai dit à Hildegarde qu'elle avait plus de chance que moi et que, sans effort, elle toucherait le centuple de ce que je possédais après une vie de travail ; pas très élégant de ma part, je le reconnais, mais je ne suis pas un saint. Son enthousiasme ce jour-là m'a agacé et m'a fait envie. Nous n'en avons pas reparlé, mais ma fille est généreuse, sûrement en pensant à cela elle m'a adressé cette lettre et ce chèque. Il n'y a aucune autre explication possible.

Sterling Kane à nouveau arrêta l'appareil.

— Je vous laisse seule juge de l'attitude de ce prétendu monstre dont le seul intérêt est de vous nuire.

Avant qu'elle n'ait pu répondre, il avait remis le magnétophone en marche et le dialogue reprenait.

— … lettre et ce chèque. Il n'y a aucune autre explication possible.

— Ne croyez-vous pas plutôt, monsieur Korff, que votre fille, après avoir tué son mari, a voulu acheter votre silence ?

— Je me refuse à écouter une supposition aussi monstrueuse.

— Pourtant, le poison a bien été administré par quelqu'un ! On a relevé les empreintes de M. Richmond et de sa femme sur le verre où il a bu pour la dernière fois.

— Cela ne veut rien dire. Les Jamaïcains font le service gantés.

— Nous sommes d'accord, mais si les empreintes sont celles de votre fille et de votre gendre, cela prouve qu'ils furent les derniers à se servir du verre.

— Absurde, car alors la première chose, si ma fille avait été coupable, aurait consisté à effacer les empreintes, trop élémentaire pour que nous en discutions.

— Il le faut, monsieur Korff. Il s'agit d'un meurtre. Je comprends vos sentiments, mais la vérité, autant pour vous que pour moi, doit rester le souci capital. Comment expliquez-vous que l'on ait retrouvé des traces de poudre dans l'un des sacs de votre fille ? Ces traces analysées ont révélé qu'elles contenaient une forte dose de curare, le seul poison que l'on ait relevé dans le corps de M. Richmond après l'autopsie.

— Présomption ne veut pas dire preuve.

— Même quand ce poison est extrait d'une fleur uniquement tropicale et très répandue aux Bermudes. Qui, à part Mme Richmond, est descendu à Hamilton ?

— Des hommes de l'équipage, sûrement.

— Les Jamaïcains sont-ils descendus ?

— Non, ils ne le font jamais. Ils sont engagés à l'année et travaillent exclusivement sur le yacht.

Pour compenser leurs longs mois de loisirs, ils ne prennent pas de congés.

— Qui, à part eux, avait accès aux cabines ?

— Personne, en principe.

— C'est tout ce que je voulais savoir, monsieur Korff.

On entendit un curieux bruit dans l'appareil. Des objets devaient être déplacés, puis Anton Korff murmura « merci » et poussa une longue expiration. Sans doute venaient-ils d'échanger des cigarettes. Ils semblèrent fumer un moment en silence, puis, à nouveau, la voix de Sterling Kane demanda :

— Monsieur Korff, vous avez jusqu'ici refusé de répondre de votre étrange conduite quand on vous a surpris en visiteur clandestin sur le yacht. Heureusement pour nous, vous n'avez pu vous débarrasser du magnétophone que vous étiez venu chercher à bord. Et nous en avons écouté la bande plusieurs fois, cela va sans dire. Peut-être, puisque nous sommes dans le secret, pourriez-vous nous renseigner plus complètement ?

— Je me refuse à le faire. Les témoignages enregistrés ne sont d'aucune valeur devant les tribunaux.

— Mais nous ne sommes pas au tribunal. Vous êtes dans mon bureau et nous recherchons tous deux la vérité. Peut-être pouvons-nous nous aider mutuellement ?

À nouveau, Sterling Kane débrancha l'appareil.

— Peut-être vous plairait-il d'entendre cette autre conversation si toutefois le fait d'entendre la voix de votre mari ne vous bouleverse pas trop.

Et il fit signe de le mettre en marche.

Les lèvres sèches, le cœur dans la gorge, Hildegarde, pétrifiée, sentait se fermer le gouffre où elle était tombée. Le secrétaire avait raison. Elle n'avait aucune chance de s'en sortir. Sa combine se tenait de A à Z. Pas une gaffe, pas un impair. Tout se déroulait comme un mouvement d'horlogerie. Il avait raison. Elle n'était pas encore morte, mais où était la différence ?

La voix de son mari résonna tout à coup dans la pièce.

— Entendu, Korff ? Je veux que vous voyiez mes gens à New York et que vous fassiez établir cela au plus vite.

— Certainement, disait le zélé secrétaire, bien qu'il n'y ait aucune urgence. Vous ne vous êtes jamais mieux porté. Le mariage vous sert de jouvence.

Avec effroi, Hildegarde reconnut le petit rire grinçant de son mari.

— Les jeunes femmes d'aujourd'hui sont si étranges ! En tout cas, elles restent pour moi aussi incompréhensibles qu'elles l'étaient dans ma jeunesse. Peut-être est-ce que je vieillis, Korff, mais celle-ci représente une énigme et je me demande sans cesse si c'est une sainte ou un petit vampire qui attend le moment de se repaître de mon cadavre.

— Nous en sommes tous là pour des raisons différentes. La moitié du monde court après l'amour de l'autre moitié. Vous n'êtes pas si mal partagé !

À nouveau cet effroyable petit rire qui déjà de son vivant la faisait frissonner.

— Avez-vous branché votre appareil ? Je n'ai pas l'intention que vous m'assommiez après avec une foule de détails.

— Oui monsieur, depuis quelques instants.

— Alors... voyons.

Et un bruit de vaisselle trop près du micro la fit sursauter.

— Gardez toutes les formules du précédent. Je n'ai que deux clauses à changer, une concernant ma charmante petite femme. Je ne veux pas qu'elle dispose de tout mon argent. Il y en a trop et elle est trop jeune. Je me tiens pas non plus à ce qu'elle le gaspille avec quelque stupide gigolo rencontré sur la plage. Trop d'argent lui changerait le caractère ; mais je veux qu'elle en ait et que le souvenir que je lui laisserai en soit réchauffé. C'est une bonne petite. Voyons Korff, laissez-moi réfléchir. En plus des maisons et des bijoux, disons 2 millions de dollars. Est-ce raisonnable ?

— Très généreux de votre part.

Puis le petit rire à nouveau et après un silence, seul rompu par des objets que l'on bougeait dans la pièce, le vieillard reprit :

— Eh bien, entendu, disons 1 million.

— Vous venez de dire 2 ?

— Croyez-vous ! Je ne m'en souviens pas. Disons alors 1, comme on dit *un* mari, *un* enfant, *un* héritage. Cela me semble un bon chiffre. Où diable cet imbécile a-t-il rangé mes lunettes ?

— Voulez-vous que je sonne ?

— Tout à l'heure. Vous faites préparer tout cela, n'est-ce pas ? Je signerai avant mon départ pour la Californie.

— Entendu, monsieur.

— Et pour vous, Korff, que dois-je faire ?

Le secrétaire ne répondit pas.

— Vous manquez d'ambition mais vous êtes brave. J'ai toujours pu compter sur vous. Peut-être n'êtes-vous pas très intelligent, un peu lent, un peu tatillon, enfin, vous devenez vieux. Il faut bien que je pense à vous. Alors, combien ?

— Ce n'est pas à moi de répondre.

— Si, imbécile, puisque je vous le demande !

— Dans le précédent testament, je touchais 20 000 dollars.

— Cela vous suffisait-il ?

— Non, si vous me le demandez.

— Combien voulez-vous ?

On l'entendit se racler la gorge et proposer d'une voix timide.

— Cent...

— Cent quoi ? dollars ? Et le vieillard, ravi de sa plaisanterie gloussait de plaisir. Allons, répondez, Korff, 100 ou 100 000 dollars.

— Cent mille dollars.

— Bravo, pour une fois que vous avez une initiative, il faut que je vous encourage. Vous en aurez 300 000.

— Oh ! Monsieur...

— Ne me remerciez pas ou je change d'avis. Je n'aurais pas tenu auprès de moi le rôle que vous avez choisi pour tous les pétroles du Texas, alors inutile de considérer cela comme un bienfait des dieux.

À ce moment on frappa à la porte.

— Qu'est-ce que c'est ? demanda le vieillard.

— Le thé, sans doute.

— Dois-je débrancher ?

— Oui, et n'oubliez pas que je veux que cela soit tapé dès...

Mais la voix s'était tue. L'interrupteur manié par le secrétaire avait coupé le vieillard au milieu de sa phrase.

Le silence se réinstalla tout doucement dans la pièce. Hildegarde, complètement dépassée par les événements, ne comprenait pas ce que signifiait cet enregistrement et ce qu'elle devait en penser.

Sterling Kane ne le lui demanda pas et remit en marche l'autre appareil.

Il la regardait et on ne pouvait rien lire dans ses yeux. Ils demeuraient braqués sur elle, sans plus. Et la moindre de ses réactions était photographiée, assimilée, classée.

Les voix du premier magnétophone reprirent leur dialogue.

— ... vérité, peut-être pouvons-nous nous aider mutuellement. Aviez-vous mis votre fille au courant de ce nouveau testament ?

— Évidemment.

— Comment a-t-elle réagi ?

— Eh bien, enfin, comment dire ? Elle a été plutôt déçue. Elle pensait, comme le laissait entendre le premier testament, hériter de la totalité de la fortune.

— En revanche, personnellement, vous y gagniez ?

— Oui.

— Vous deviez donc déposer ce testament en arrivant à New York ?

— Exact.

— Pourquoi n'avez-vous pas été chez les notaires ?

— Je n'ai pas eu l'occasion.

— Allons, MonsieurKorff, voilà une mauvaise raison. N'est-ce pas plutôt parce que votre fille vous avait demandé d'attendre un peu ? N'est-ce pas pour la sauver que vous n'en n'avez plus fait mention quand il a été évident qu'elle a tué son mari précipitamment pour que seul le premier testament reste en vigueur ? Elle a dissimulé le corps, non pas comme elle nous l'a raconté pour que ce nouveau testament ait le temps d'être enregistré, mais pour se laisser le temps matériel de le détruire. Le chèque de 200 000 dollars qu'elle vous a adressé prouve assez qu'elle vous était reconnaissante du service rendu.

— Absolument pas.

— Alors, pourquoi êtes-vous allé chercher ce magnétophone secrètement, de nuit, comme un voleur ? Pourquoi avez-vous essayé de le jeter à l'eau dès que nous vous avons appréhendé ? Pourquoi avez-vous renoncé à toucher 300 000 dollars sinon parce que votre fille serait inculpée et que vous teniez à éloigner d'elle tout soupçon ?

— Ma fille n'avait aucune raison de le tuer. Elle héritait de 1 million de dollars.

— Bien sûr, mais en comparaison de la totalité de la fortune, le legs déjà devient moins séduisant.

— Pour Hildegarde, 1 million de dollars représentait une somme fabuleuse.

— Mais pour vous remercier de votre discrétion en ce qui concerne le deuxième testament, elle vous a envoyé la lettre accompagnée du chèque ?

— Cela n'a aucun rapport.

— Allons, monsieur Korff, rendez-vous à l'évidence. Vous avez fait ce que vous avez pu pour elle. Vous n'êtes responsable que de son éducation, pas de sa moralité.

— Tout cela n'est qu'une effroyable erreur.

— Bien sûr, bien sûr ; mais les petits détails s'enchaînent avec trop de rigueur.

Sterling Kane arrêta l'appareil.

— Tout le reste ne présente pas d'intérêt, tout au moins en rapport de ce chef d'accusation. Qu'en dites-vous, madame Richmond ?

— Je nie. Je nierai jusqu'au bout. Je suis victime d'une machination ; je ne suis pas coupable.

— Ne voulez-vous pas comprendre dans votre propre intérêt qu'il ne sert à rien de nier l'évidence ?

— Je n'étais pas au courant de ce testament. Ni mon mari, ni Anton Korff ne m'en ont parlé.

— Cela semble difficilement admissible.

— Je suis sûre que mon mari ne l'a pas dicté.

— Et qui alors ?

— Je ne sais pas ; mais je suis sûre qu'il ne l'a pas fait.

— Vous allez passer devant le tribunal la semaine prochaine, mais ça ne sera rien en rapport du grand jury. Vous ne pourrez éluder les questions, ni vous lancer dans l'affabulation comme vous l'avez fait jusqu'ici. Il faudra envisager un système de défense. Je vous parle ainsi dans votre propre intérêt.

— Pourquoi ne voulez-vous pas me croire ? Pourquoi réfutez-vous automatiquement ce que je dis ?

— Parce que mon métier est la recherche de la vérité et qu'elle jaillit beaucoup plus des faits que des mots.

— Mais si vous ne me croyez pas, aucun jury ne me croira.

— Voilà pourquoi je vous dis de plaider coupable. Vous avez au moins une chance d'éviter l'exécution.

Hildegarde resta sans réaction.

Les yeux dans le vague, elle venait, tel un bœuf, de recevoir le coup de merlin. Ses oreilles bourdonnaient. La masse des deux magnétophones posés sur la table pesait d'un poids anormalement élevé.

Un petit ressort au fond d'elle-même venait de lâcher et il devait être de la plus haute importance car toute la machinerie compliquée de son corps semblait en panne. Elle n'avait plus ni peur, ni froid, ni faim, ni désir, ni crainte. Elle savait qu'elle existait encore. Ses oreilles entendaient le bourdonnement de leur conversation. Ses yeux les regardaient mais il y avait une gigantesque tour d'ivoire pour les séparer et elle restait à l'intérieur de la tour pour les voir sans les entendre et sans leur parler. Eux vivaient à l'extérieur, eux et tous les autres, même ceux à qui elle n'avait jamais parlé et qui n'habitaient ni ce pays ni le sien, mais une contrée lointaine où elle n'irait jamais.

Aussi seule, aussi pauvre, aussi démunie que doit l'être le mort anonyme dans la boîte bête de son cercueil, aussi insensible, aussi paisible, mais seulement pas tout à fait aussi morte.

Seul le temps saurait réparer ce tout petit détail sans importance.

17

On la conduisit à sa cellule où elle se coucha et s'endormit aussitôt.

La gardienne raconta à la surveillante que cette fille-là était sûrement coupable car seuls les enfants et eux dorment du sommeil du juste.

Ni plus pesante ni plus longue, la journée vint s'ajouter à la précédente, exactement comme un petit fagot ajouté à un autre pour réaliser le bûcher.

Hildegarde était tombée, plus rien maintenant, à part un miracle, ne pouvait la sauver.

La comédie de la justice allait donner pour elle une mascarade de gala et tous les acteurs s'apprêtaient à entrer en scène : les juges, les avocats, les témoins, les journalistes et le grand rôle de composition : Anton Korff.

On lui poserait des questions et elle répondrait la vérité, mais personne ne voudrait la croire. Il fallait s'y résoudre, la petite Hildegarde n'en avait plus pour bien longtemps.

Un pantin disloqué l'habitait et nul magicien ne saurait réparer le ressort cassé. À partir de ce jour, une nausée permanente s'installa au creux de son estomac et, à la moindre parole étrangère, la nausée se soulevait comme sous un vent de tempête et la faisait chavirer.

On la laissa seule tout le jour, bien seule, bien démunie, et elle attendit, sage et docile, sans haine, ni remords, ni révolte. Assise sur son lit, elle attendit comme doit le faire un condamné bien élevé.

Il fallait essayer de souffrir avec le moins de dégâts possible. Elle y employa le peu de force qui lui restait. La prière sans doute aurait été efficace, malheureusement, elle n'avait pas la foi. Elle n'avait rien, plus rien qu'un peu de temps.

On vint la chercher dans la soirée pour l'amener au parloir.

Anton Korff l'y accueillit. Elle ne ressentit rien en le voyant. La haine ou la crainte ou la rage ne lui appartenaient plus.

Elle s'assit face à lui, les mains à plat sur la table, attendant qu'il parle, puisqu'il était venu pour sceller quelques nouvelles pierres à son édifice.

— Je viens de voir Sterling Kane, dit-il. Je vous remercie de la manière particulièrement stupide dont vous vous êtes comportée. Nos intérêts seraient communs que vous ne les auriez pas mieux servis.

Hildegarde ne répondit pas. Les mots entraient dans son oreille mais n'allaient pas jusqu'à sa tête.

— Je viens vous faire mes adieux car vous passez demain devant le juge et, comme vous serez inévitablement reconnue coupable, je ne pourrai plus vous revoir, du moins sans témoin, et nos entretiens seront alors bien dépourvus d'intérêt.

— Quelle est cette histoire de testament enregistrée sur magnétophone ?

Anton Korff se mit à rire.

— Je savais que ce serait une surprise pour vous. C'est une petite invention personnelle pour créer un mobile de meurtre. Je l'ai enregistré il y a déjà quelque temps. Que pensez-vous de mes dons d'imitateur ?

— Je savais que ce ne pouvait être Karl.

— Naturellement, l'amour donne des antennes !

— Je le savais.

— Mais avouez que je suis doué pour les imitations. Où j'ai été assez adroit, c'est en allant récupérer cet engin avec des ruses de conspirateur. Comme je me savais suivi, la comédie se révélait facile. Pourtant, tout a failli mal tourner. Ces zélés inspecteurs m'ont sauté dessus avec tant de conscience professionnelle qu'ils ont failli flanquer l'appareil à l'eau. Heureusement, je me méfiais, je m'y suis cramponné.

— Comme il faut aimer l'argent pour monter une pareille histoire !

— La vie est courte, ma chère, après elle nous attendent le néant, la décomposition et la pourriture. Tant que dure la vie, il faut l'exploiter.

— Mais pas au détriment des autres.

— Avez-vous songé à l'incroyable scandale représenté par une guerre ? Des milliers d'hommes sont tués, mutilés, torturés, prisonniers. Et pourquoi, je vous le demande ?

— Ne comparez pas.

— Non, bien sûr. Trente ans de poncifs et de formules à l'emporte-pièce sur l'honneur, la liberté, la fidélité et le devoir ne se révisent pas en un jour. Continuez à croire au bien-fondé des conventions sociales et mourez satisfaite, puisque vous n'êtes pas coupable.

— Je vous en prie. Je suis jeune. Je ne veux pas mourir.

— Croyez-vous que j'en ai envie, moi ? Et pourtant nous devons tous partager la même certitude.

— Je vous en prie, Anton Korff, je ferai ce que vous voudrez, mais laissez-moi vivre.

— Allons, ma chère, nous n'allons pas sombrer dans une sentimentalité pleurnicharde.

— Alors pourquoi êtes-vous venu, par sadisme ?

— Mais non, par convention, tout simplement, et je ne cesserai de le faire sous peine de me porter préjudice, mais à l'avenir nos entretiens seront sous surveillance. Si je ne vous donne pas aujourd'hui quelques détails vrais susceptibles de vous intéresser, je crains de ne plus avoir l'occasion de le faire.

— Tout cela ne m'intéresse pas.

— Allons donc ! Cette apathie ne va pas durer. Quand vous retrouverez un peu de virulence, il est de mon intérêt que vous envisagiez la vérité comme seule issue ; car cette vérité-là racontée prend une résonance tout à fait incohérente. Et puisque vous avez eu la maladresse de vous y fier, vous serez obligée de vous y maintenir.

— Peut-être que j'ai été stupide avec Sterling Kane, mais mon avocat saura vous confondre.

— Savez-vous que j'ai quelques témoignages irréfutables et d'autant plus qu'ils m'ont coûté cher, dont un qui prouve que vous habitiez un meublé à Cannes chez une certaine Mme Redot et depuis 1946. Cette personne dont j'ai assuré les vieux jours ne me trahira pas. Il vous sera assez difficile, sachant cela, de prétendre que vous m'avez connu par une annonce parue dans un journal de Hambourg, alors que vous n'y habitiez plus depuis des années.

— Les gens pour qui je travaillais ne seront peut-être pas de cet avis.

— Ils connaissaient une demoiselle Maëner, pas une demoiselle Korff.

— Physiquement je n'ai pas changé.

— Bien sûr, mais pour que l'on vérifie vos dires, il faudrait qu'une personne au moins émette des doutes sur la version que je leur présenterai et qui sera fignolée, je vous prie de le croire. Où pensez-vous trouver cette personne ? N'oubliez pas que vous n'avez aucune explication à donner au transfert du cadavre et pas davantage en ce qui concerne les traces de poison trouvées dans l'un de vos sacs à main. Mon rôle consistait à suggérer, pas à affirmer. Et n'oubliez pas surtout que l'opinion publique se dresse contre vous. À ses yeux vous représentez la fille vénale, intrigante, sans cœur et meurtrière. En vous présentant en victime, non seulement personne ne vous croira, mais vous commettrez la plus grosse faute tactique qui soit à redouter.

— Pourquoi me racontez-vous cela ?

— Et de quoi voulez-vous que nous parlions sinon de votre bref avenir ?

— Vous êtes persuadé que je serai condamnée.

— Il me semblerait par trop optimiste de ne pas l'envisager.

— Et si on ne m'exécute pas, que devenez-vous ? Quoi qu'il en soit, je peux très bien obtenir une réclusion à vie. Je ferai appel après le procès. Alors que ferez-vous, Anton Korff, je vous le demande ?

— Eh bien, vivez et voyez, ma chère, mais laissez-moi vous dire que j'avais envisagé également cette éventualité.

Et un sourire d'une glaciale ironie passa sur ses traits. Hildegarde en frémit et ne répondit pas tandis que la nausée s'emparait d'elle. Le silence s'infiltra, grandit puis prit possession d'eux. Anton Korff sembla le savourer avant de se lever et de prendre congé.

— Nous nous retrouverons demain devant le juge et plus jamais, je le crains, en tête à tête. Permettez-moi de vous donner un conseil désintéressé de vainqueur à vaincu : n'attachez pas trop d'importance à ce qui vous arrive. Vous avez eu du bon temps. Pensez-y, il faut vous en souvenir.

— Je n'ai jamais rencontré un tel monstre !

— Cela ne m'étonne pas, les gens sont si médiocres !

— Je vous souhaite, entendez-vous, autant de mal que vous m'en avez fait.

— Bien sûr. Laissez-moi seulement ne pas y attacher plus d'importance qu'à des souhaits de bonne année.

— Allez-vous-en !

— Au revoir, Hildegarde.

Et après un dernier regard, il frappa à la porte pour que le gardien vienne le chercher.

Hildegarde fut ramenée à sa cellule.

Elle ne lut plus les journaux. Son histoire complètement déformée et mise au goût du public l'effarait et la faisait douter de sa propre raison. Assise sur son lit, écoutant le tam-tam de son cœur, elle essayait d'imaginer les visages hostiles à qui, demain, il lui faudrait faire face. Les questions insidieuses creuseraient sous ses pas des trappes dont son avocat ne pourrait la sortir, puisqu'elle ne le connaissait pas et que de toute manière il serait chapitré par Anton Korff. Le scandale existait, mais ambiant, ni virulent, ni personnel, comme elle le constaterait demain en reprenant contact avec la foule. Il lui faudrait se battre tout seule contre eux tous. Et pourquoi se battre ? Pourquoi remuer toute cette boue ? Une infinie lassitude la terrassa. Il n'y avait pas d'issue. Si par miracle elle n'était pas condamnée à mort, ce serait la réclusion à vie que dix ou quinze années de bonne conduite réduiraient à quelques mois de liberté, tout là-bas au seuil de sa vieillesse. Elle avait déjà trente-quatre ans. Une vieille femme aigrie et sans ressources sortirait de prison à sa place. Voilà l'avenir le plus optimiste à envisager.

Assise sur son lit, les yeux dans le vague, ravalant la boule de sanglots qu'il ne fallait pas laisser éclater sous peine de n'avoir plus aucun courage, elle sut, sans se l'avouer, que sa décision était prise.

Navrant d'en arriver là, victime de sa propre bêtise. Combien de femmes avaient trouvé des maris par des petites annonces ? Pourquoi cette exception, pourquoi ce fiasco et puis toujours pourquoi, pourquoi ? L'erreur consistait à chercher des réponses logiques. L'expérience ne profite qu'à celui qui la fait.

Hildegarde se leva et alla appuyer son front brûlant contre les barreaux. Un grand mur gris en face bornait son horizon. En tournant un peu la tête sur la droite, elle pouvait apercevoir une porte grise également par où entraient et sortaient les surveillantes. Une cellule inoccupée de chaque côté flanquait la sienne. Si elle l'avait voulu, on lui aurait donné une radio, des livres, des cigarettes, toutes sortes de bonnes choses pour tromper la solitude car elle ne suivait pas encore le régime des condamnées à mort. Elle demeurait en transit, attendant qu'on statuât sur son cas ; pas de preuves formelles comme le laissait entendre Sterling Kane, mais de lourdes présomptions. Elle restait pour cette nuit encore dans une espèce d'être normal dont les désirs, les souhaits pouvaient être exaucés. En plus, elle avait la fortune et tant qu'il n'était pas prouvé noir sur blanc qu'elle s'en trouvait indigne, tant qu'on lui en laissait la jouissance, tous pensaient que la chance pouvait tourner et que mieux vaut ménager les puissants.

Mais demain, quand Anton Korff assemblerait une à une les pièces de son puzzle, quand un avocat inconnu avec qui elle n'avait jamais parlé prendrait sa défense, quand le juge lui poserait les questions de la routine et que ses réponses n'éveilleraient l'intérêt de personne, que deviendrait-elle alors, la pauvre Hildegarde, sinon une condamnée en puissance mise au régime des cellules dans la terrible promiscuité des prisons de femmes. Il y aurait de quoi se faire des amies parmi les infanticides, les putains, les voleuses, les avorteuses, les parricides, les syphilitiques ! De quoi échanger des confidences et des recettes ! Plus jamais seule alors, mais mêlée à ce cloaque, partageant leur existence et allant au cachot si elle négligeait le règlement. Elle porterait l'uniforme et apprendrait à haïr les surveillantes, à passer des messages en fraude, à se solidariser pour les tam-tams des jours d'exécution, en attendant la sienne. Là, alors isolée dans le quartier des condamnées à mort, surveillée de jour et de nuit par des gardiennes qui se relayeraient devant sa porte, elle aurait droit d'envisager l'au-delà, de dormir, de se laver, d'uriner sous le regard ennuyé d'une garde-chiourme qui, forte de son droit, saurait lui rappeler que la vie éternelle n'est pas faite pour les chiens.

Délectable alors d'attendre le jour de son assassinat légal. Sûrement des tas de petits détails matériels l'occuperaient, peut-être les punaises, l'odeur des baquets de nuit à la tête de son lit et des tas d'autres choses à découvrir que son imagination de fille saine et normale n'entrevoyait pas encore.

Elle ferma les yeux, submergée par la nausée, et dut se tenir aux barreaux pour ne pas tomber. Le malaise passa. Elle rouvrit les yeux et vit le mur gris. Allons, rien n'était perdu. Elle avait un peu anticipé, simplement. Sa petite cellule verrouillée et à claire-voie restait bien confortable. Les visites ne l'importunaient pas. Le lit de sangles se révélait préférable à un tas de paille. Il n'y avait aucune raison, mais là alors, aucune raison de s'en faire !

Hildegarde se remit à faire les cent pas. Douze en long, sept en large. Les larmes lui brouillaient la vue et la transpiration l'obligeait à essuyer ses mains régulièrement sur sa jupe. Quelque chose de turbulent et de bavard, sans doute son instinct, hurlait au fond d'elle-même et la sommait d'agir. Il ne fallait pas écouter cette voix lâche qui prétendait que n'importe quelle vie valait mieux que pas de vie du tout. Il ne fallait pas l'écouter. Il ne fallait pas penser. Il fallait croire simplement devenir d'un coup une grande mystique, se confier à Dieu, lui raconter ses ennuis et le laisser se débrouiller avec.

La tension devenait si forte que, par moments, Hildegarde en oubliait de respirer. Alors, une main au mur, l'autre sur sa gorge, elle aspirait et soufflait, aspirait et soufflait, aspirait... Sa main laissait sur le mur une empreinte moite qui s'effaçait doucement.

La marche reprenait, douze en long, sept en large. Penser à son enfance grignotait le temps, mais l'enfance s'estompait et n'avait pas laissé de si bons souvenirs. La guerre aurait pu la distraire, la guerre avait trop duré et ne l'avait frustrée d'aucune catastrophe : bombardements, incendies, mort de ses parents, de ses amis. Bien qu'en filigrane le souvenir du soldat dans les ruines devînt lancinant, elle retrouvait au creux de ses mains et de son ventre le goût de son corps, la douceur de sa peau et cette tendre plage près de la hanche. Quel visage avait-il alors ? Quelle était la couleur de ses yeux, la qualité de son regard ? Elle s'affolait de le perdre à nouveau, de ne plus trouver que des fragments de rêve pour le reconstruire. Seuls demeuraient intacts l'odeur de son blouson et le contact de sa barbe naissante quand, le nez enfoui dans son épaule, elle apprenait à aimer. Maintenant que lui restait-il, puisqu'elle n'avait ni passé ni avenir ? Son âme. Ah oui ! parlons-en de celle-là, de cette petite intelligence tout enrobée d'ambition qui l'avait précipitée dans ce trou !

Épuisée, elle se laissa tomber sur le lit et, du bout du pied, ôta ses chaussures. Se coucher, s'allonger entre des draps bien frais, fermer les yeux, dormir peut-être…

Machinalement, elle ôta ses bas. Ils glissèrent, fins et doux, le long de ses jambes et de ses pieds minces et cambrés, aux ongles soigneusement vernis. Comment seraient-ils après vingt ans de prison ?

Peut-être ne remettrait-elle plus jamais de bas aussi transparents. Elle les fit couler entre ses mains comme une caresse de soie, seul lien entre le luxe et elle, seul lien entre la vie et elle, entre la vie et…

Alors nerveusement, par secousses, du pied du talon, elle les tendit jusqu'au bout de leur élasticité. Les nylons filent mais ne se déchirent pas. Elle renouvela l'expérience. Semblables à une longue cordelette souple, ils étaient capables de supporter tous les chocs. On pouvait s'en servir à défaut de corde. La corde et le pendu, voilà encore une image qui n'appartient plus au monde moderne.

Pour mener à bien cette opération, il ne fallait pas y penser. Il ne fallait pas laisser l'instinct avide vous convaincre. Il fallait seulement que les mains accomplissent des gestes efficaces en nouant bien solidement les deux bas bout à bout, rien là d'affolant et de définitif. Seulement les attacher pour qu'ils ne se dénouent pas au moment de remplir leur office. Faire un nœud marin, facile. Elle avait eu un yacht autrefois et le capitaine lui avait appris à faire une épissure, à relever une position où à prendre une hauteur de soleil ; mais tout cela se révélait inutile aujourd'hui, juste un nœud, un nœud de laguis. Elle s'en souvenait très bien.

Curieux de savoir qu'on allait le faire et de n'y mettre aucun cérémonial ; mais après tout, il ne s'agissait pas d'un numéro de cirque, mais d'un geste assez fréquent chez des prisonniers.

Tout serait mieux. Il n'y aurait plus de boue, plus de scandale, plus de honte, plus rien que le néant.

Anton Korff serait bien content. Personne ne serait là pour la pleurer, pas même un petit chien pour se laisser mourir sans comprendre...

Bien sûr, tout cela dénotait une sentimentalité pleurnicharde, mais Hildegarde était allemande et les gens de son peuple ont toujours pleuré pour des rengaines, des défilés militaires ou des edelweiss. Et puis, avec cette dernière faiblesse, on ne pourrait lui reprocher d'être seule à pleurer sur son cas. Il fallait vaincre cette autre au fond de son cœur qui ne voulait pas et se débattait et criait et avait peur et n'en finissait pas d'avoir envie de vivre !

Ses mains palpaient son corps chaud, bien vivant, bien huilé, prêt à supporter des années et des années avant de montrer un signe de fatigue. Ses yeux voyaient et le pire peut-être venait de là : ne plus jamais regarder les arbres et la mer et les sables blonds à l'infini sur les grandes plages. Elle s'en voulut de pleurer à un moment pareil. Ses forces menaçaient de la quitter. Il fallait résiter, remonter son propre courant, vaincre sa chair vivante et apeurée, Il n'y aurait pas de délai. Demain l'enfer des interrogatoires allait la happer, la rouler, la moudre, la déchirer. Autant partir avant, seule, sans témoin et dans l'indifférence.

Elle se leva, jeta un coup d'œil à la porte par-delà sa grille pour s'assurer que personne ne venait. Tout semblait calme, l'heure du souper depuis longtemps passée. La nuit, pour les geôliers, n'est faite que pour dormir.

Elle revint dans la cellule, écrasa du dos de la main les larmes qui lui brouillaient la vue, prit la lanière de bas, et, mettant un genou sur le lavabo, fit un rétablissement pour attraper le premier barreau de la lucarne. En se tirant sur ses bras de toutes ses forces, elle réussit à se maintenir debout en équilibre sur le minuscule lavabo de fer émaillé ; mais il ne fallait pas tomber, sa chute attirerait une surveillante qui comprendrait très vite et lui confisquerait sa seule arme. Il fallait être adroite et discrète. Elle le fut. Les bas passés dans le barreau et solidement arrimés, il n'y eut plus que le nœud coulant à faire. Ce fut simple, puis Hildegarde le passa autour de son cou, releva ses cheveux sur sa nuque et les laissa retomber derrière le collier de nylon. Elle n'avait plus qu'à laisser glisser une jambe, puis l'autre ; elle oscillerait quelques instants. Il ne faudrait surtout pas essayer de se raccrocher. Il faudrait attendre. Ce ne serait pas long. La petite bête de l'instinct se débattrait mais il ne lui serait pas possible d'agir et ses cris seraient vite étouffés dans le grand afflux de sang qui allait l'étouffer.

Elle hésita un instant, son dernier instant. Un seul geste et la mort s'éloignerait en lui restituant ses pauvres chances. Le plus dur : être seule, n'avoir personne à qui penser, à qui adresser un suprême adieu…

Lentement, elle fit glisser sa jambe dans le vide. L'autre dans le lavabo qui meurtrissait le pied. Son équilibre ne tenait plus qu'à un tout petit hasard. Il ne dura pas. Elle se sentit vaciller, tendue au bout de la corde. Comme un plongeur, elle ferma les yeux, se laissa aller et, parce qu'on l'appelle toujours dans les cas désespérés, murmura un bref « Oh ! mon Dieu ». Comme d'habitude, il ne répondit pas. Mais cela n'avait plus d'importance. Elle n'était déjà plus Hildegarde et pas encore tout à fait un cadavre. Elle se débattait sur la dernière frontière tandis que le sang, dans un bruit infernal, lui noyait les oreilles, lui poussait la langue hors de la bouche et la faisait vaciller dans les ténèbres.

Épilogue

Il n'y eut pas de procès. Hildegarde Richmond, en se suicidant, signa l'assassinat de son mari.

Les journaux tirèrent sur quatre colonnes à la une. Des tas de photos passèrent où l'on voyait la meurtrière en tenue de yachtwoman tenir la roue du gouvernail en riant dans le soleil. Des tas de ménagères dont l'avenir se limitait à des gosses à torcher et à des montagnes de lessives pensèrent que c'était bien fait et qu'il y a tout de même une justice.

Sterling Kane se mit aussitôt sur une affaire de stupéfiants qui risquait de démasquer un gang international. Les élections arrivaient. Il ne serait pas mauvais de prouver au futur gouverneur que la police avait en sa personne un auxiliaire précieux.

La grande maison de Karl Richmond fut fermée, les domestiques, congédiés, le yacht fut mis en vente.

L'héritage fabuleux du vieillard échut à son beau-père, le père de l'infortunée jeune femme, mais personne ne l'envia, bien au contraire. La sympathie du public lui était acquise. Il paraissait si déprimé, si las. Il conduisit un deuil solennel, fit élever un magnifique mausolée où les plus belles fleurs étaient renouvelées chaque jour. Il avait fait embaumer le corps de sa fille et disait à ses rares intimes qu'il ne se pardonnerait jamais de l'avoir abandonnée dans son enfance. Le pauvre homme se sentait responsable de tout ce drame. Il semblait bien ébranlé. Les mieux informés prétendaient qu'il ne lui survivrait pas, mais c'était mal connaître les merveilleuses ressources de la nature humaine. Petit à petit, mois après mois, il remonta le courant à force d'énergie et de volonté. Pourtant, toute cette fortune ne semblait pas le rendre heureux. On le voyait toujours seul, aux courses, aux salles de jeu...

Il essayait courageusement de reprendre goût à la vie. Les journalistes forcèrent sa porte pour connaître ses projets. Il ne semblait pas en avoir. Il parlait seulement d'ouvrir une grande maison d'accueil pour les orphelins victimes de la guerre, mais pas encore, plus tard, peut-être... Le souvenir de sa fille demeurait trop présent. Il les congédia avec beaucoup de tact.

L'hiver passa, puis le printemps revint. Alors, Anton Korff sembla sortir de son deuil. On le vit aux grandes premières et à quelques dîners. Son beau visage buriné réapprenait à sourire. Il décida d'aller faire une longue croisière dans le Pacifique. La douceur des îles, la beauté des paysages seraient un bénéfique dérivatif.

Après, il irait en Europe. Peut-être pas seul. Une fortune aussi considérable est bien lourde à porter pour un homme. Une compagne aimante, jeune et jolie, serait un baume pour sa vieillesse et il y avait tant d'adorables créatures prêtes à le rendre heureux. Il était tellement séduisant avec ses tempes argentées, sa nostalgie et son fabuleux compte en banque...

Mais pas maintenant. Il fallait d'abord aller dans les îles et laisser croire que leur climat enchanteur avait réalisé le miracle.

Après seulement, l'Europe et toutes ses tentations : la France, l'Italie, l'Espagne, où il serait reçu en pacha, avec une femme ravissante à son bras et toutes les autres, dans le monde entier, guettant son désir, riant de ses bons mots et s'offrant, de leur troublante jeunesse, à réchauffer son lit.

Mais pas maintenant, pas encore, ce ne serait pas raisonnable…

Composition réalisée par PCA

Impression réalisée par
Maury Malesherbes
pour le compte des Éditions J. C. Lattès
en mai 2019

LE MASQUE
s'engage pour l'environnement
en réduisant l'empreinte carbone
de ses livres.
Celle de cet exemplaire est de :
185 g éq. CO_2
Rendez-vous sur
www.lemasque-durable.fr

PAPIER À BASE DE
FIBRES CERTIFIÉES

N° d'édition : 01
N° d'impression : 236623
Dépôt légal : juin 2019
Imprimé en France